GOBOOKS
& SITAK
GROUP©

GOBOOKS & SITAK GROUP©

三日月書版

三日月書版

土地神的
指導守則
雪翼
illust.
綠川明
JIGAMI SAMA
NO
SHIDOU RUURU
[3]
輕世代
FW267
三日月書版

目錄

宮奈奈
活潑強勢的女孩，
十七歲，意外成為了
土地神的代理人。
土地神的
指導守則

曜日

外貌約十五歲，性格懶散，自尊心強，常常和奈奈鬥嘴。
雖然是活了數百年的土地神，但和外表一樣像個小孩子。

土地神的指導守則

楔子

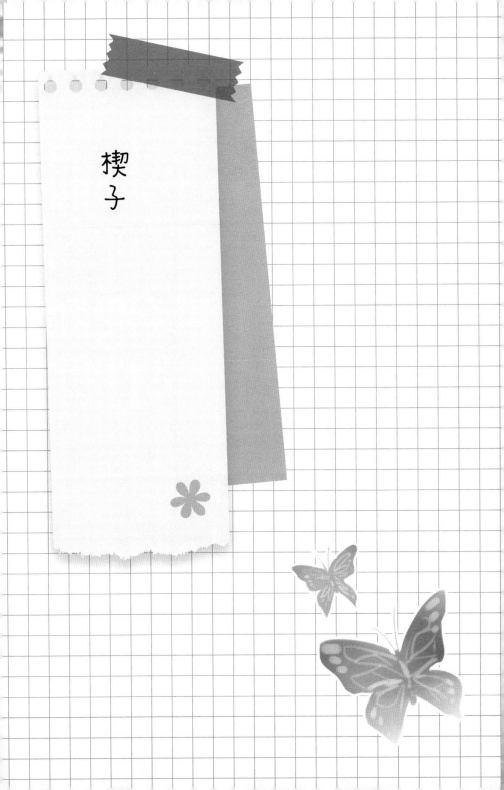

夜幕降臨，黑暗措手不及地挾帶驚人之勢覆蓋在這片大地上，事物因而陷入暗影之中，朦朧而顯得鬼影幢幢。

一年四季輪流更替，到了晚秋時分，晚風淒涼、秋葉颯颯，晝短夜長，雖不是最長的夜，但家家戶戶早早就亮起了燈，空蕩蕩的街道沐浴在鵝黃色的光圈中，染上一絲溫暖的色彩。可惜這光亮仍然遍及不到附近一棟逐漸被雜草淹沒的廢棄大宅院裡。

宅子裡雜草叢生，野花野草肆意地生長著，使得頹敗的庭院更增添詭譎的氣氛。

即使是陽光普照的豔陽天，這裡就像是自帶寒氣，讓從附近經過的人們感到陣陣生冷、不寒而慄。

這裡是鎮郊赫赫有名的鬼屋。

原本該是一片漆黑無人的房間裡，卻見有人無聲無息地靠在窗邊，滿是驚慌失措的大眼居高臨下地瞪視著遠方的燈海，本該是美不勝收的輝煌夜景，映照在他眼中，卻猶如一片火海，炙熱的火氣至今仍讓他感到隱隱生疼，火灼燒過的疤痕未見消退，反而隨著時間的增長一橫一豎刻畫出他壓抑許久的怨氣。

恨意日漸茁壯，終是化作聲聲長嘯，在這夜半時分，擾人清夢。只聽得那聲音有著訴不盡的痛，彷彿與主人有著相同的經歷，恍如昨日，歷歷在目、刀刀刺骨。

無法化解的愁苦，每夜化作鬼哭狼嚎，在這個鎮上迴盪不止、久久不散。

第一則

土地神也有難得的偷閒時光

白伶的事件平安落幕後，學校再度迎來久違的平靜，還給大家一個勤勉向學的優良環境。學長跟白伶交往時鬧得沸沸揚揚的傳聞，也伴隨著兩人恢復正常後不了了之。男方顯然喪失了那段日子的記憶，至於女方，即便遺失了某些片段、渾然未覺自己與學長有過一段情，仍然澆不息她對安鳳夜學長的愛慕，並且鬥志旺盛，誓言要將學長成功釣到手，成為自己的囊中物。

身為一個人盡皆知的騷婦，白伶的所作所為並沒有引起過多關注，因為這是她平日的作風，大家早就習以為常。

儘管學校裡大半的男生都視白伶為女神，但學長就是對她沒什麼興趣，幾乎到了能閃則閃、避之唯恐不及的地步。

至於曜日，東區的土地神在學校倒是挺安分守己，沒給奈奈添亂子，反而跟班上同學打成一片，互動自然，有人還差點因此吃起醋來。尤其是他沒什麼心眼、時不時賣萌的性格，老是把現代用品的名稱誤解扭曲，讓班上女生徹底激發出母性的光輝，人人都搶著要教他一些東西。

在她們的眼中，曜日儼然成為一隻不諳世事的雛鳥。

對此，奈奈不知該做何反應，只能在臉上擠出哭笑不得的表情。

「奈奈，妳怎麼了？這是顏面神經失調的症狀嗎？」柳顏樂忍不住為好友擔心起她的身體狀況，隨著奈奈的目光看過去，瞬間恍然大悟，「原來是因為曜日嗎？」

緊急收回滯留在曜日身上的視線，宮奈奈咳了聲，掩飾面上的害臊，澄清道：「樂，妳在胡說些什麼啊！」事情才不是這個樣子的好嗎！

「可是奈奈，不覺得妳最近關注曜日的時間變多了嗎？」莫非這就是所謂的精神出軌，雖然早已心有所屬，但精神上卻心繫另一個男人。

「妳多心了！關心新來的同學也是應該的吧！」奈奈極力辯解，為了轉移目標，慌忙攤開下一堂課的課本，預備溫習。

看著友人埋首於課文中，鑽研學習的模樣，樂樂的心思卻被奈奈的一句話拉走了全部注意。

「新來的同學？曜日不是跟我們同時入學的同期生嗎？」

任憑柳顏樂擠破腦袋、榨乾腦汁，也想不明白。

樂樂永遠不會明白，她的記憶被一個自稱是土地神的混帳傢伙動過手腳，雖然很快就會恢復正常，但在此之前，奈奈只能幫忙曜日保守他實際上是個好幾百歲的老爺子這個天大的祕密！

上學期間，曜日還算規矩，但這並不代表他不會做出有違身分的舉動。既不是師長眼中的麻煩人物也非風頭很健的明星學生，但有堂課的缺席率高得讓任課老師也忍不住直皺眉頭，眼神看似淡漠，但眼底深處燃起的憤怒火苗卻讓人無法忽視。

「曜日又無故缺席了嗎？」當墨遙——不，或者該稱之為棠華的國文老師啪一聲合起點名板後，朝臺下射出一記凌厲的視線，底下的學生全都噤若寒蟬。

他們全都沒有察覺曜日是何時不在座位上的，或者該說，他們班上有這號人物嗎？

大伙面面相覷，給不出一個肯定的答案。

身為在場唯一知情人士，奈奈只能握緊手心，默默在心底為曜日捏了把冷汗。

凡是棠華的課，曜日一概缺席，從無例外，起初棠華不以為意，睜一隻眼閉一隻眼，但日子一久，再好的脾氣都抑制不住。

「那今天我們就延後上課吧。」朝臺下扔出一句莫名的話，墨遙轉身大步朝外走去。

同學們皆是錯愕，在墨遙打算開門離去之前，急急叫喚了聲，「老師，您要去哪裡，不上課了嗎！」

某同學說出大家的心聲，聽聞此言，所有人一致地猛點頭，希望墨遙打消離開的念頭。老師反常的舉止將他們嚇得不輕，連平常愛打瞌睡的同學也不敢闔眼，從來就沒有聽說老師在課都還沒開始前就跑出去的。

墨遙卻一派淡然，安撫驚慌的學生們，「別擔心，我一會兒就回來了。給我十分鐘，不，五分鐘就足夠了。」

「老師，你這是要去哪裡做什麼呢？」一位責任感強烈的同學緊追不捨地逼問。

「我要去懲戒不乖的孩子。」

那位同學一愣，才一個失神的瞬間，墨遙就已不在原處，漸行漸遠的腳步聲逐漸消融在空氣裡。

其餘同學倒是沒想那麼多，反正老師不在，他們也樂得輕鬆，場面頓時像菜市場般鬧哄哄的。班上的女生們自成一個小團體，彼此交頭接耳、竊竊私語，似是在談論著什麼重要的情報。墨遙方才與平日有很大的落差，但無論是淡漠如冰的墨遙，抑或是執起教鞭教訓壞孩子的腹黑型墨遙，無疑都朝她們心口射出好幾枝愛的箭矢。

奈奈微側過身，聽到那些女生們不時飄出「好想被老師懲罰喔」、「老師什麼時候才要懲戒我呢」之類的句子，其中還有些十八禁、兒童不宜的字眼出現，她只好默默回去看她的課文。

「沒想到墨遙老師也有這一面呢！」柳顏樂痴痴地笑著，手撐著頭，懷著少女心做著白日夢。

奈奈無語，轉而擔憂起曜日的安危，說是要懲戒壞孩子，不知道棠華的手段如何嚴厲，雖然後者一向對她有諸多包容，溫柔得出奇，但對待曜日，似乎就不用顧忌什麼了。

原以為至少要等個十來分鐘，結果不到三分鐘，教室的門再度開啟，墨遙手中拎了個看似沉重的包袱出現在大家眼前。

那包袱正是熟睡的曜日，頭髮亂糟糟的，髮梢沾黏著草根和幾片落葉，隨之而來的還有一隻小巧可愛的麻雀。

小麻雀一進門就撞見不少人類，驚慌失措地跳了幾下，啾啾兩聲揚起翅膀，朝敞開的窗戶飛去，回歸天空的懷抱。

此刻大家的心聲都一樣，都想問：你到底是跑去哪裡逮人啊！

班上的人頓時停下手邊的動作，全場鴉雀無聲，只聞得曜日發出的輕微鼾聲，敢情熟睡的某人完全不受他人打擾。

能在這樣的狀況下睡得跟死豬似的，唯他一人了！

「好了，現在可以上課了。請翻開課本第三個章節。」

墨遙很快地言歸正傳，出聲打破沉默，察覺眾人默默轉移視線後，墨遙隨即鬆開手，放開了曜日的後領。

少了支撐的力量，曜日搖搖晃晃，眼看就要向後倒去，同一時間，墨遙眼明手快地執起講臺上的點名板，往他的頭頂揮落下去。

大家的驚呼聲尚不及發出，在塑膠板砸下的前一秒，曜日忽睜開眼簾，靈活地單手一撐翻了起來，揮棒落空。

墨遙挑了挑眉，冷聲叫曜日快回去坐好，僥倖逃過一劫的曜日隨即領命，巴不得依言照做，但又不能表現得過於明顯，只得裝裝樣子，理理衣服上的皺褶，一派瀟灑地走回自己的座位。

佯裝不以為意的他，心裡明明就介意得很。奈奈知道，誰讓曜日向來就是小家子氣的男人，一點度量都沒有。

俗話說，宰相肚裡能撐船，而曜日的肚裡，只勉勉強強能撐起獨木舟。

曜日始終鬥不過墨遙，說也奇怪，自從墨遙親自去把曜日抓回來後，他就變得收斂許多，像是起了什麼效應，連帶班上愛蹺課的那些人也不敢造次。

曜日的行蹤無疑被對方牢牢掌握，這讓他不管去到校園的哪個角落，都感覺被人監視著，渾身不自在，奈奈只能勸他別想太多。

可曜日卻篤定地說，絕對是那一次之後的副作用。

「什麼副作用？」奈奈好笑地發問。

曜日轉頭一陣東張西望，確定隔牆沒耳，才一臉憤憤不平地說：「名為『棠華症候群』的副作用！那是一種絕症，無藥可醫！」

見曜日一副煞有其事的模樣，可見棠華突如其來的舉止深深傷害了曜日幼小的心靈，造成的打擊太大，才會變得如此神經兮兮。

看樣子，曜日的弱點即是棠華。

趁著對話的空檔，曜日轉過頭，草木皆兵地注意周遭的一舉一動，就怕某人正默默注視著自己，而他卻渾然未覺。

不過……棠華應該不是如此無聊的人才對。奈奈想要曜日放寬心，卻又不知道如何開口，只能在精神上成為他有力的支柱。

況且，有件事應該能讓曜日開心起來，那就是再過幾天學校就會迎來一年一度、同時也是讓曜日期待已久的校慶園遊會。

屆時，他的心思應該能轉移到其他事物上，不再與棠華針鋒相對。如果事情真有那麼順利就好了，奈奈忍不住想。

此時的棠華已經回到了他在南區的土地廟，正在處理手邊一小疊公文，突然猛地打了個冷顫，背脊冷不防地竄過一抹寒意。

棠華忍不住停下手邊的工作，伸手揉向頸側。

曇流注意到棠華的異狀，緊張地湊上前來，「大人，您是否身體微恙？」

「或許吧，可能是近日兩邊跑的緣故，身體不堪負荷，有些疲憊，躺下稍作休息即可。」

「不然，明天我替您去上課？」曇流異想天開。

「……不必了。」能不能進去校園還是一大問題。棠華揉一揉痠澀的眼，剛好公文處理至一個段落，想起身去寢室歇息會兒，卻不慎被長袍絆住踉蹌了下，幸得一旁的曇流出手相助。

曇流見狀不由得擔心起自家主人的身體狀況，棠華揮揮手要對方別放在心上。雖是小事，而小事有可能演變為大事，曇流早已將此事視為一等一的大事，跟隨在棠華身後一同前往寢室的途中，他事先用神力向另一頭的樺流知會一聲，要對方及早準備。

到了寢室，棠華把還想跟著進去的曇流拒於門外。終於等到能獨處不受他人打擾的片刻，才走到床前，棠華立刻察覺有異，雙眸一冷，伸手掀開塌上的被褥，只見樺流身軀蜷縮成蝦狀，窩在被窩裡，一臉幸福的模樣。

「大人，您來了啊！」見自己的行為已暴露，樺流第一時間卻不是急著為自己辯解，而是難掩興奮地開口，「因為從曇流那得知大人的消息，便自告奮勇，想為大人暖暖被子！」睜著圓目的樺流發出「快來摸摸我的頭誇獎我」的小狗狗攻勢。

「……」棠華再度陷入無言的沉默當中。

第二則

辦理業務時，手邊很忙的話，就推給看起來閒閒沒事幹的那位吧！

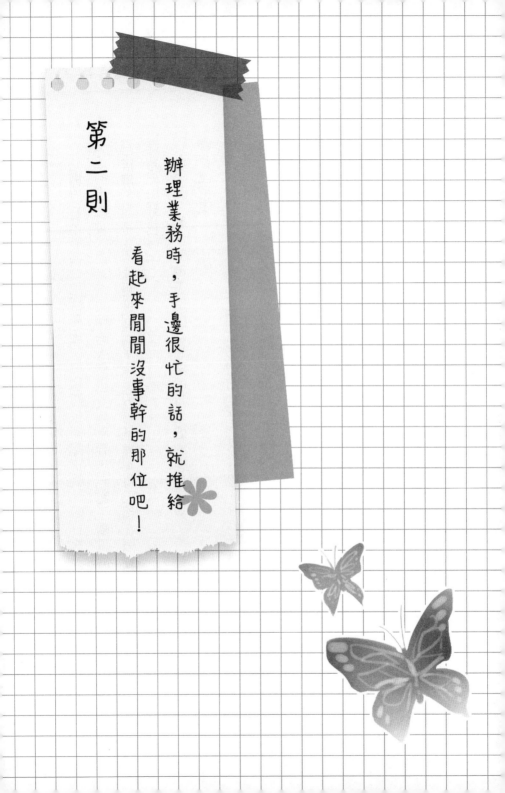

園遊會莫名其妙地落幕後，一切終是回歸正軌。曜日捨棄學生的身分當回了久違的土地神，而奈奈周圍的人們也受到影響，忘記了曜日的存在，就像曜日出現之前的日常，大家再度回到了平淡的日子裡，每天都在跟好友們打鬧和繁重的課業中比賽拔河。

不是一點一滴隨著時間淡忘與曜日相處的種種經過，而是瞬間遺忘，什麼痕跡都沒留下。

至於棠華，奈奈仍是摸不透對方到底想做什麼，他時不時地在校園的某處現身，但不知對自己施了什麼法術，旁邊有女學生經過時，之前的騷動明顯改善了很多，不再有名為少女悸動實為花痴的亂象。奈奈好奇地想知道是發生了什麼事，或許，現在她們的眼中，棠華本人就跟學校裡的大叔教師一樣，平凡低調大概就是棠華自己想要的吧。

姑且就稱之為棠華的小確幸吧。

而宮奈奈也還是老樣子，作為代理土地神一枚，公事雜務樣樣都不能少，經過她的一番努力，位於東區某地處偏僻的土地小廟簡直可說是煥然一新。

地板光可鑑人不說，就連梁柱間的陰暗角落棲息的那些織娘們都被她請去別處作客。

都到了這分上，奈奈覺得自己還是幹得相當不錯的，的的確確有當神的潛力。或許是土地廟周邊的環境整潔有序的緣故，信徒也一點一點地增加，迎來了新的信眾，雖不至於到香火鼎盛，但不失為一個好氣象，奈奈倒是樂見其成。

懶散地背靠著赭色的圓柱，修長的雙腿平放於前，只差沒就著矮牆睡大頭覺的曜日猛然驚醒似地睜開雙目，一時間彷彿忘了自己身在何處，眼神茫然失措。

「曜日大人，您還好吧？」黑狐幾乎同時注意到曜日的異狀，關心地上前詢問。

說不上好與壞，支吾了半晌，曜日才吶吶地說：「還好，只是忽然有種不祥的預感。」油然而生的不祥，使曜日有點忐忑。

「不祥的預感是指白狐嗎？」黑狐明確地將矛頭指向他人。

曜日還沒來得及搞清楚是什麼意思之前，就望見白狐從裡頭走出來，氣勢威嚴地捧著一疊待處理的公文，砰的一聲砸落在外頭的石桌上，震了好大一下。

黑狐一語成讖，令曜日不祥預感挾帶著雷霆萬鈞之勢從頭頂罩下，打得曜日有些頭腦發昏。

「大人，這是您悠哉體驗凡人生活時所累積下來的公務，當然您也可以選擇無視，但到了下個禮拜，被無視的東西恐怕會以倍數成長。」白狐面不改色地說道，語氣聽不出絲毫怒意，只是淡淡地陳述事實。

曜日老老實實地坐在桌前，瞪著堆積如山的公務發愁。明明就有代理人，但關係到之後的仕途能否一帆風順，有些事還是得親力親為。

曜日撓著頭想討救兵，眼角餘光正好捕捉到一抹鬼祟的人影，宮奈奈才準備趁無人注意時溜之大吉，卻被某人喚住。

「喂，妳這樣子，不會是想逃跑吧？我說妳，好歹是我的代理人吧！」

「抱歉、抱歉，我突然有事，得先走了！」口中嚷嚷著抱歉，雙手合十作出討饒的手勢，但揚起的嘴角都快咧到兩側去了，「而且，自己的功課自己做，這不是常識嗎，先走囉！」

「說什麼自己的功課！」當他是三歲小孩啊，而且這些公務很明顯比所謂的功課還要難應付個數十倍，功課還有正解，這裡面有些就只能靠自己去找出兩全其美的辦法！

「請認分點吧，曜日大人。」

白狐時時刻刻從旁提醒著曜日，為的就是讓小廟恢復全盛時期的風光，還有趁早讓曜日大人認清自己的職責與本分，不然到時候上面一個不開心，那他們不就流離失所，通通喝西北風去了。

這樣慘淡的未來，白狐是絕不可能眼睜睜地看著它發生，所以他必須嚴苛地督促曜日大人，比之前還要更加努力上百倍！

「我知道了，白狐，這次我不會再偷懶了，我保證！」曜日難得地下了重大決心。

「咦？」白狐的表情不禁柔和下來，完全沒發覺自己方才近乎面目猙獰、咬牙切齒地瞪視著前方。

「但是，可不可以不要再那樣子看著我了。」曜日繼續說著，「白狐你這樣真的很恐怖，而且讓我很難專心。」語末，歉然一笑。

「……」白狐沒想到，自己努力地盯著曜日大人，甚至到了用力過頭的地步。

才想著要好好把桌上堆積成一座小山高的公務一併解決，這時一陣強風突然猛烈地颳過曜日的後頸，一冊冊線裝的本子迅速翻飛，白狐和黑狐忙著將掉落在地上的冊子一一拾起，擔心哪裡有沒有損傷以及碰撞造成的缺角，沒發現石桌旁的椅子多出一抹人影。

「你是哪位？」曜日略微挑眉，任兩狐在身旁忙得團團轉，不善地朝著對方開口問道。

「幸會，東區的土地神。」青年絲毫不在意對方無禮的態度，甚是有禮地問候曜日一句。

「你認識我可我不認識你，怎麼想都是我吃虧，不報上自己的名號嗎？」同是那個世界的人，方才那一陣風想必就是青年搞出的花樣，曜日的心裡大概有了個底。

「鄭重自我介紹一下，我是北區的土地神，玄音。」說著，玄音友好地朝他伸出自己的手掌，見對方一點動靜都沒有，便主動扯過曜日的手握了握，然後在他嫌惡地甩開前及時收回了手，「仔細想想，我們好像從未見上面，你不知道我也是理所當然，因為你大多缺席四區共同會議，而這會議又是我們四區土地神難得碰面的機會。今日這一見，果真與小棠還有小言他們說的一樣。」

玄音一打開話匣子就險些停不下來，即使對方是初次見面的曜日也能像跟許久未見面的老友般，閒話家常。

可曜日對玄音初次的印象，只覺得這人不是普通地吵，屬於很多話的類型，與棠華的沉穩、言夜的精明截然不同，他不喜歡。

「他們說了我什麼？」好奇是種本能反應，縱使知道西區和南區的傢伙不會說什麼好話，但基於某種男性尊嚴，曜日想知道這兩位同事私底下都是怎麼談論他的。

「懶散的混帳傢伙，還有死要面子的小矮子。」沒怎麼多想，玄音老實道出，隨後又補充一句，「前句是棠華說的，後句則是言夜講的。」

「噗！」這兩位大人果然遠比想像中的還要了解曜日大人，字字都說到了心坎裡。白狐忍俊不住地笑出聲，換來曜日一記大大的白眼。

「白狐，」黑狐扯了扯白狐的衣袖，還懂得到角落邊去咬耳朵，「大人跟另外兩位大人是很要好的朋友嗎，為什麼兩位都這麼了解大人呢？」不懂哪一點好笑，黑狐頗為認真提出問題，只覺得兩位大人實在過於了解曜日大人，才能下如此精闢的結論。

一瞬間，曜日腦海閃過各種不適合在電視上播出的髒話組成的跑馬燈，以萬馬奔騰之勢，一遍又一遍地無限循環。

「黑狐，我想我們還是不要打擾兩位大人談話比較好，走吧！」彷彿感受到什麼不祥徵兆，白狐沒來由地說道。

在曜日發難之前，兩隻小狐狸便小手牽小手一同鑽進神壇後的小房間，躲過一波尚未襲來的風暴，任由曜日與一名自稱是北區土地神的青年單獨坐在戶外的石椅上，面對著面。

「我說你，到底有何貴幹？還是你單純只是來自我介紹，很好，目的達成，你可以滾了！」沉默好半晌，曜日再度出聲，完全不打算給對方好臉色看。

「剛剛那兩個可愛的小傢伙就是你的使神嗎？」完全沒將曜日的話聽在耳裡，玄音轉頭看了看兩狐消失的方向，兩隻一白一黑的小狐狸讓他想起了冬暖和夏涼。

眉頭一蹙，他不由得擔心起冬暖的狀況，雖然已無大礙，但沒看到活蹦亂跳的女孩心裡總是不怎麼踏實。

見對方根本沒在聽他說話，壓根不把他放在眼底，讓曜日對玄音的印象更加大打折扣，幾乎沒什麼好感。

「是又怎麼樣！」曜日的態度很明顯，就是懶得回答玄音提出的每一個問題。

「沒什麼，只是讓我想到了我們家的使神，不過……」玄音忽然間頓住，像發現什麼新奇有趣的事物，傾身湊了過來，眼睛睜得大大的，好奇地上下打量。

「怎、怎樣？」曜日不自覺地向後仰，避免眼神跟對方有過多的接觸。

「不過，真沒想到本人比我想像中的還要矮上許多呢。」待身子回復成一般坐姿，玄音像是研究出什麼，以不帶惡意的口吻呈述事實。

隱隱約約能聽見牆後傳出兩聲不易察覺的驚呼聲，顯示兩狐正扶著牆面幹偷聽這種不光彩的事。

啪，曜日聽到了理智線崩斷的聲音。

壓抑不住往上直竄的怒氣，青筋暴露，曜日衝口大吼，尾音瞬間提高了八度，「你給我滾！」

他平時最恨人家談論他的身高問題，想他以前是多麼地挺拔帥氣，現在這個矮不啦嘰的身材就是個意外，完全可以歸類為技術性問題。

而且一百七十出頭的身高又怎麼了，雖然離以前一百八十五是有些差距，但又礙著誰的眼了？有眼睛的人都知道，他的身高分明離矮子這類的稱呼還差得遠咧！

這麼一吼，玄音被曜日突如其來的怒氣嚇得愣住了，遲遲無法動作，曜日倒是已經起身一把扯住他的手臂，將他整個人連拖帶拉地堆出去，以行動來展現他話裡的決心。

「竟敢說我矮！哪裡矮了給我看清楚！我這個人最痛恨別人說我是矮不啦嘰的小豆丁！」

「小、小什麼？我分明就沒有這樣說過，是你誤會了！」

「喔，是嗎。」曜日輕蔑地冷哼，「那你剛才有沒有說過我矮？」

「有，我是有這麼說過，但小豆丁不是你自己加上去的嗎！」

「說一句跟說兩句都是說，你還敢狡辯！」

在兩人互相推擠、拉扯之間，玄音一個反身，抱住了曜日的腰身，以自身的力量與對方抗衡，並試圖說點什麼，達成他此行的目的，「等一下，我是有事相求才會來此的，大家畢竟同事一場，先聽我說幾句好嗎！」

「誰跟你是同事，最好快點放開我！」曜日現在正拚了命地將某人環繞於自己腰上的手臂給扯離，但對方就是不鬆手，反而抱得死緊，不讓他有喘息的空間。

——這人是怎麼回事啊？有什麼毛病嗎！

「我偏不放，除非你不趕我走！」玄音這小子還懂得討價還價。

好樣的，這裡是他的地盤，什麼也由他說了算，對方侵門踏戶不說，竟然還敢跟他討價還價，像話嗎？

難道東區土地神就要這樣任人擺布，白白被人脅迫嗎，這讓他顏面何存，以後還怎麼在其他土地神面前昂首挺胸大搖大擺地行步，開什麼玩笑啊！

不過現在的確受制於人，曜日即使嚥不下這口悶氣，也不得不妥協。

看這小子體型一般般、體格也沒什麼看頭，力氣倒是出奇地大，也不知是從哪來的力量。

曜日只能無力地舉白旗投降，「好，我就聽你說說看，但你可以先放開我嗎？」兩個大男人黏在一起，這場面說有多滑稽就有多滑稽，幸虧奈奈先一步離開，否則讓她撞見這該死的一幕，只怕以這小妮子又會妄想些什麼，旁生枝節。

「此話當真？」

「雖然不一定答應就是了……但只是聽聽的話，應該沒什麼大礙。」喃喃低語的同時，曜日能明顯感受到施加在腰身的力道一點一點收緩，最終腰桿上的兩條手臂都回到主人身邊。

「沒想到，東區土地神的為人還是不錯的！」玄音笑逐顏開，篤定對方沒什麼理由能拒絕他的請求。

「我又沒說一定會幫忙！」更何況是什麼忙都還沒說呢，現在說這些不會嫌太早嗎？煩躁感再度升起，曜日開始後悔方才一時性急才會魯莽應下，現在只希望不是麻煩事就好。

「說完話你就可以走了！」

得到應許之後，玄音像得到什麼至寶般開心不已，接著清了清喉嚨，花了幾分鐘的時間，把大致經過說了一遍，冬暖的傷勢則輕描淡寫地帶過，反正重點不在此處。

只要能解決那個麻煩的地縛靈，也算是了結了鎮上居民的一樁夙願，這樣的好事當然多多益善，所以在玄音的認知裡，並不算是麻煩事。

若非他怕鬼怕得有些凶，這樣的好事他還不見得輕易讓給他人呢。

就如同曜日原先設想的那樣，他臉上現出輕蔑的笑，麻煩事從來不會離他太遠，但這事情是北區在管，論責任，自然擔不到他肩上，他沒道理去插那個閒手。

然而，曜日忘了一個真理，那就是，這世上沒道理的事情可多著的呢！

「我記得那個地方，」這起火災曜日也略有耳聞，當時在新聞中還占有一席版面，「是在北區跟西區的邊緣地帶吧，叫西區那傢伙去就好了啊，為什麼偏偏是我？」他實在想不明白。

「小言說他沒空。」玄音也不懂掩飾，掰個好聽點的說法，直接轉述對方的話。

就只因為這個理由嗎！

「那棠華呢？」曜日很沒同事愛地將棠華給扯下水，至今，想到那張冷漠如冰的臉，曜日仍會打起一陣哆嗦。

此人果真是他不擅長應付的類型。

「不行的啦！」一提到南區土地神的名字，玄音就直搖頭，「我跟小棠約定好了，暫時不得出現在他面前，所以我只能找你了，你可是唯一能幫我的人！」

玄音雙手食指在胸前互戳著，不好意思地撓頭。

曜日只覺得倍感惱火，「這跟我沒有關係吧！那是你跟他的事情，別忘了，今天之前，我們只能勉強算是沒見過面的同事！」

「可是今天我們見上面了，自我介紹也做了，那不就代表我們關係匪淺嗎？」

「這跟那是兩碼子事，不能混為一談。」北區土地神是怎麼回事，不聽別人說話也就罷了，還將對方的話扭曲成別的意思！

「而且，怎麼會沒關係呢，」玄音逕自往下說，「大家好歹同事一場，又住在同一鎮上，應該不用分哪一區，為民服務才是土地神的職責所在，不是嗎。」

玄音單手握拳，講到激動處，一副慷慨激昂、為民捐軀也在所不惜的樣子。

話雖如此，曜日非但沒有共鳴，還涼涼地補上致命的一槍，「那你為什麼不自己去？」

「這、這個……」玄音頓時僵住身子，嘴角忍不住抽了抽。他打死都不會說自己怕鬼，試問有哪一個神仙怕鬼的啊？雖然他就是那個例外。

見玄音沒打算好好解釋清楚自己為何不去的原因，遮遮掩掩地想隱藏什麼，曜日也不逼迫，逕自開口道：「北區的業績尚可，照理來說，你的神力應該不會差到哪裡去才是！」

土地神的神力強弱與信徒多寡息息相關，簡單來說，就是魚幫水、水幫魚，這就是信仰的力量。

「這是有其他的原因在的……」玄音音量漸低，弱弱地嘟囔一句。

「什麼原因，說來聽聽？」曜日不自覺地將身子朝玄音傾斜了過去。

此時曜日跟玄音之間的距離近到他都能聞到對方短促而帶有淡淡薄荷味的鼻息聲，伴隨一記穩穩落在肩上的力道，清晰的話語聲在耳邊響起，「那麼，就拜託你了，東區的土地神。」

尚未反應過來，又颳起一陣令人措手不及的旋風，曜日倒退幾步，當強風止息時，玄音也沒了蹤影，獨留曜日在原地發愣，搞不清楚是什麼狀況。

沉默了好半晌，待回過神之際，尚不及爆發出的怒氣，宛如火山噴發般，伴隨著狂怒朝上一秒玄音仍處在的空間怒吼。

「開什麼玩笑！回來給我解釋清楚啊！」

本該靜謐的小廟炸出一聲令人避之唯恐不及的驚雷，吼聲迴盪不止。

第三則

土地神在執勤途中，有可能遇襲嗎？

趕走了那臭小子幾天過後，小小的土地廟又回歸了往常那種不知是幸也不幸的寧靜。這段時間就連信徒們也不到這拈香祈禱了，現在不比以前，大家不再盲目地追隨信仰的神，只把麻煩事丟給神明解決就好了；相反的，現代的人持有一種信念，明白若要神助必先自助，所以這會兒都在拚命忙著現實生活中的大小事情。

神是必要的存在，卻不是唯一，很容易就被取而代之，但只要一個人心中仍保有信仰，神仙們就會回應那分期待。

即使是廟裡空蕩蕩的現在，曜日也沒在趁機偷懶，自從玄音親自登門造訪後，曜日就像變了一個人似的，誓言今後要發憤圖強，成為四區業績中占居首位的土地廟，喔，不，是身高破一百九十，傲視群雄的土地神，讓他們不敢再小看他。如果說玄音來此是為了使用激將法，激起他那薄弱到不行的鬥志，很好，他成功了！

誰讓曜日對自己的身高敏感到誰都說不得。

以結論而言，某人的身高問題與神力上的缺失息息相關、密不可分，而曜日的神力又取決於信眾的多寡，只要每個人或多或少有顆虔誠信仰的心，那麼以該信仰為中心的神，力量自然就會壯大。

於是，曜日趁小廟裡只有他與兩名小使神和偌大空間的時機，決定好好測試自己到底恢復了多少神力。

等級一：肆意移動物體。

雙腳落在堅實的地面，踩穩腳步，伸出一手，兩指併攏，比出劍指，朝外頭的石桌指去，定，目光凝結，曜日深深吸了一口氣，吐出，很好，感覺來了！

「浮！」

命令式的話語甫落，原本穩如泰山的石桌隨即回應了聲音的主人，動了起來，好似一根羽毛輕飄飄地浮在半空中。

石桌不僅能飄浮在空中，還能隨著施術者的手指移動，轉個半圈也沒什麼問題，最後石桌穩妥地落回原處，順利完成第一階段的測試。

「大人，好厲害！」黑狐在一旁當起稱職的觀眾，鼓掌叫好。

白狐倒沒什麼熱切的表情，只是東張西顧就怕給凡人撞見這一幕，惹出什麼不必要的風波，同時希望曜日大人有時間搞這些，還不如將重心放在待處理的公文上比較實在。

「哼哼，就說我可以的吧，誰說我辦不到的！」得意的哼聲連連，若是有其他土地神在場的話，也只會認為這不過是雕蟲小技，無須驕傲。

接下來就上升到第二階段：憑空生物。

身為神仙必備的基礎法術，雖說不至於要風得風、要雨就會降下甘霖，這明顯有違自然界的準則，即便是神仙，也要看天辦事，當然要想點石成金也是不可能的，但除此之外，一切皆可生成。

「你們說，要變變什麼東西？」沒什麼想法，曜日轉而徵求兩位觀眾的意見。

「獅子，黑狐想看凶猛的獅子！」黑狐雙目登時一亮，手掌合十地祈求道。

這還得著說嗎，都說凶猛無比，還是萬獸之王，這小腦袋瓜是在想什麼啊！結果曜日都還沒出聲，白狐便斷然拒絕黑狐這個不要命的請求，「不行，獅子太危險了！」

所謂的憑空生物單就字面上來解釋並不正確，這法術無法無中生有，實際上只是藉由仙術將某樣物體從這一地轉移至另一地罷了，說是暫時借用也不為過，事後當然也得如數奉還，物歸原主。

「為什麼不行！」黑狐鼓起雙頰，嘟起小嘴，「黑狐就想看威猛的獅子嘛！」

「這不是想不想看的問題。」曜日撓撓後腦，對這個提議感到有些困擾。

「那不然是什麼問題？」黑狐接著再問。

——是有生命危險的問題啊！神仙雖然擁有漫長的時光，但只要受到外來的重創，也會危及性命，眼下還是保命要緊！曜日頓時只能沉默以對。

「你乖！」白狐深深嘆了口氣，像是安撫吵鬧不休的孩子，替曜日解了圍，「只要你乖乖待著，等等我就去買你喜歡的蛋糕給你。」

「真的？可不能騙人喔！」黑狐隨即妥協。

「我答應你。」

「那我要白X屋的！」被黑狐逮到機會，當然要趁機嘗嘗平時難得的人氣知名蛋糕。

「好好。」白狐敷衍了事，沒聽真切話裡的內容。

「可是，我們有錢嗎？」

回過頭，偷覷了油錢箱的方向一眼，裡頭只躺了幾張鈔票還有寥寥無幾的銅板，全部加起來還不一定能買個蛋糕，白狐沒什麼把握地出聲，「我想，或許買一塊小蛋糕應該綽綽有餘吧。」大概。

在兩狐竊竊私語的當下，曜日終於做出了困擾已久的決定，想好要生出什麼來玩玩，至於黑狐的建議風險過高、殺傷力太大，只能垂淚否決。

「兔子聽來不錯，就決定是牠了！」做出決定後，曜日伸出兩掌，掌心朝上，開始努力於腦中構思出小白兔的形體，完全忘了幾十年前自己曾在兔子上吃過一記悶虧。

幸虧曜日的想像力不算太差，腦海中很快就躍出白兔活靈活現、討人喜歡的樣子，雙掌頓時激光一閃，配合著腦中勾勒出的樣貌，出現的卻是一隻——軟綿綿的小白鼠？

「耶？」曜日發出錯愕的驚呼聲。

「吶，白狐。」黑狐拉拉身旁同伴的衣袖，眼底浮起不解的光芒，「白兔什麼時候成了這副樣子，難道是凡人所說的基因突變嗎！」

白狐不知道黑狐是從哪習來這名詞的，真要說是基因突變的話，定就只有他們家主人的腦子吧！

白狐只能搖頭嘆息。

「也相差太多了吧！即使同為白色，也不能歸類為同一物種！」

「這次只能算是一點小失誤，暖暖身子罷了！」曜日嘴硬，口頭上不服輸，「還沒結束，你們就等著看吧！」

看是看了，但就結果而言，只能用慘不忍睹來形容。繼第一次出現的小白鼠，而後又依序生出了白鴿、白貓、白狗，就是沒有預想中的小白兔。

看來第二階段的試驗完全以失敗收場。

得不到自己想要的結果，曜日索性一抹額，大聲宣布道：「很好，第二階段完成，接下來就是第三階段了！」

「這樣能算是成功嗎？」白狐沒能忍住，吐槽回道。這樣不就淪為法術不太靈光的土地神嗎，半分長進都沒有，真的沒問題嗎？

「雖然沒有變出我想要的，但起碼從無生到有了，看來我的法力恢復得差不多，要想回復成全盛時期指日可待！」曜日顯然自我感覺過於良好，一個勁深信那天離現在不遠了。

然而，個子是不會騙人的。

白狐想再出聲，黑狐卻早一步舉手發問，「曜日大人，第三階段是什麼，黑狐想看！」

「沒想到居然還有第三階段，那是什麼？」白狐忍不住質疑。第二階段都如此亂來，結果只能用慘烈來形容，那麼所謂的第三階段，結局可想而知。

「第三階段就是終極階段，假如這個能順利達成，想來離我以前帥氣的時期就不遠了啊！」曜日興奮不已，摩拳擦掌地準備好好展示一下自己的身手，證明他還是寶刀未老。

見曜日還做著他的白日夢，白狐實在不忍心潑冷水，思來想去，決定先靜觀其變，並趁機想想事後要如何安撫某人受傷的幼小心靈。

曜日所說的最終階段，便是神移。先前曾經與奈奈一起使過一次，雖然事實證明曜日的法術跟他的人一樣，始終是個半調子。但這次不同，上次不只要移動千里，還要帶著個人，需要花費的精神與專注力自然無法與之相比。

今日要達成的，是從某處小幅度地移動到另一處，在凡人的眼中，就跟瞬間移動無異，雖然一次只移動幾寸，但能迅速到達任何想到的地方。

這對神仙來說，是基礎必備的一項條件。

淺淺地吸吐幾次後，保持腦袋清醒，曜日已經做好準備，隨時都能出發，地點是東區的土地廟，鄰近白狐黑狐的一棵小樹旁，心下已定，接著即是展開行動，付諸實現。

雙目一凝，運起丹田的勁力，全身力量湧現，忽然之間人好端端地就從立足之處消失，再次現身時，卻一頭猛撞上立於面前的石柱，磕得頭昏眼花，眼冒金星。

「啊，痛！」疼痛感襲來，曜日回頭一看，那棵樹好端端地就在那，離他所在的位置雖不及十萬八千里之遠，卻也有著明顯的差距。

「看來是失敗了吧？」打從一開始，白狐就不怎麼看好。

會出現這樣的結果，也是合情合理。

曜日不服，剛想開口辯駁，眼角餘光卻瞄到了什麼，他立即眼明手快地抓起黑狐白狐，大步衝進神壇後隱密的小房間內。

兩狐乖乖坐在床鋪上，彼此對視，不明白發生了何事，在曜日解釋前，就聽得外頭響起一陣腳步聲，接著一名婦人略帶疲憊的嗓音響起，在這寂靜的空間格外響亮。

婦人似乎是一路奔波至此，在祈願之間猶能聽到夾雜著幾聲喘息，而真正讓裡頭三人噤聲不語的卻是話語中的內容。

「土地伯，請您要保佑這裡的居民，信徒聽說這裡很靈驗，才會不辭辛勞地來到這，您千萬要聽聽我的祈求！」雙掌合十，婦人的音量不大卻能準確無比地傳達給正在裡邊聽著的人。

土地伯曜日此刻正專心傾聽婦人的祈求，千里迢迢地來到此處不可能只是為了祈願事事順利國泰民安吧。

只聽婦人娓娓道來壓在心口上的悶怨，詳述的細節和情緒化的發言，其實可以總結成一個重點，就是欲請曜日去某處幫忙驅鬼。結合那區土地廟不靈驗之故，婦人所指的地方，顯然與日前玄音所說的鬧鬼宅子不謀而合。

要不是婦人明顯是普通凡人，曜日第一時間肯定以為她是玄音派來的說客。

其實細想，對方如此大費周章的可能性實在不高，北區土地神應該不會吃飽撐著幹這等無聊之事。

祈願完之後，婦人伸手拿起桌上的一對筊，額頭微低，小心翼翼地將其合在掌心，高舉至眉間，配合著口中向土地神稟明的事項，往上拋擲，等待著落地聲響起。

曜日不知該如何應答，情急之下只好出了三個笑筊，擲了三次，原以為婦人會徹底死心，不料擲筊落地的聲響並未停歇，婦人不但沒有離開的念頭，反而更堅定心志。

曜日終歸是低估了婦人的毅力。

這還不夠明顯嗎，看樣子就是想逼迫曜日給出肯定的答覆，這對土地神來說是很困擾的事。

嘆氣嘆氣再嘆氣，無奈之餘，曜日眉頭深鎖只得勉強許了一個聖筊，婦人達成此行目的，心滿意足地離去。

「大人……」白狐的目光不由自主地隨著曜日一臉懊惱地抱臂踱步而左右移動。

「白狐，你就別說了！」及時制止白狐安慰的話語，曜日知曉此事非同一般，但卻說不出哪裡奇怪，惹得他煩躁地扒著髮，「可惡，既然答應了也沒辦法！但我為什麼會有種被人陷害的感覺啊啊啊！」

「大人是多心了吧。」黑狐說了句對現狀一點幫助都沒有的話。

此時婦人已經步行離土地廟有一段不小的距離，在前往搭車的途中，她忽然憶起昨日的夢境，在與今日遇上的狀況對照之下，更是對自己的遭遇深信不疑，這不就是所謂的神蹟顯現嗎！

原來，婦人家就在西區，昨夜，正當她酣睡之際，突然一點聲響將她從夢中驚醒，迷迷糊糊中似乎看到床沿站著一位古風打扮的男子，雖看不清容顏，但男子正是西區的土地神，會託夢於此，只是為了告知婦人一件事。

婦人不敢作聲，仔細傾聽，土地神大人說得玄妙，其實就是鎮上居民無人不知無人不曉的某棟宅邸，當然能解決怪事很好，但神仙卻沒有告知進一步的做法，只開口說了句：「凡有所求者，往東行走，必能看到一絲曙光。」

然後人便消失了，只剩婦人還在為方才的夢境感到不可思議。

本來只是半信半疑，但婦人決定就先照著神仙的指示，一路往東，還真讓她誤打誤撞地找到了這裡的一間土地廟，怪的是，以前來東區辦事經過附近時居然從未知曉有這樣的地方。

進來一瞧後，本以為是什麼不知來歷的神仙，沒想到這裡竟也是供奉著土地神，想起昨日的夢境，婦人更加肯定自己是受到神仙的啟示，冥冥之中引導著她來到此地，因而祈求得更加賣力。

這些曜日當然無從得知，只能說他的預感向來準確，這一切確實都在言夜的預謀之中。

「高中生對靈異事件有某種程度上的熱誠，」抬起食指，奈奈露出一臉「這你就有所不知」的表情，故作神祕地說道，「關於那棟宅子的事情我多少也是略有耳聞。」

提到靈異，就不能錯過每間學校流傳的不可思議傳說，奈奈就曾經親眼見證過。上次，因為擔任值日生的緣故，離校時天色暗了不少，她本來還擔心像上次那樣有半邊毀容的少女幽靈或塑像猛男半裸著身子出來見客。

然而，什麼都沒有，走廊上一片靜悄悄，彷彿本就該是如此寧靜的氣氛，但奈奈總覺得是不是有什麼事發生過而自己卻渾然未覺。

曜日沒吭聲，等著奈奈自行將話尾接續下去。

奈奈知道自己的思緒扯遠了，回神過來，又繼續說，「都說那裡是適合練膽量的地方，有人真的組團去宅裡闖闖，結果到了夜半時分，不只從裡邊傳出鬼哭狼嚎，還有人撞見了鬼影，回去後大病一場。」講到此處，奈奈彷彿身歷其境，雞皮疙瘩都豎立了起來。

「不對，這不可能！」曜日只當奈奈繪聲繪影的描述是某人加油添醋，再加上自行幻想的結果。

「這種事不可能是空穴來風吧，無風不起浪，或許真有某種惡靈盤據在那也不一定。」奈奈心底一毛，畏懼地抖了抖身子。

「妳去過？」曜日挑眉，擺明就是不信。

「沒、沒去過。」她又不是自尋死路。

「那妳怎麼如此肯定？」

「捏造這種事對誰有好處嗎！」話鋒一轉，奈奈不讓曜日繼續將話題圍繞在她身上，開始展開反擊，「那你又是怎麼肯定那裡沒鬧鬼，我曾經聽說過，那裡之前發生過一場大火。」

「是有火災沒錯，」曜日像是早有準備，「不過那場火無人傷亡，又有何惡靈之說？」

這下把奈奈問倒了，支吾一陣，有些猶疑地說，「或許那惡靈本身與宅子毫無關連。」

「奈奈大人，這是不可能的。」白狐在一旁，順勢將話接了過來，「靈如果進一步化作惡靈，就代表對某種東西有所牽掛，心存恨念便成為他們留世的唯一理由。」

「沒錯，就是這個樣子。」曜日點頭，出言附和。

「是嗎，那這樣不就更奇怪了嗎？」奈奈托腮思忖著。

「奇不奇怪，去了不就知道了嗎！」

曜日危險的發言頓時讓奈奈猶如驚弓之鳥，「去？誰說要去？我才不要！打死她都不會答應。

「有什麼可怕的？」曜日只覺得奈奈是少見多怪，「搞不好所謂的惡靈只是人為，凡人不是最喜歡搞這一套嗎？」

瞧曜日說得輕鬆，顯然不把奈奈的話當成一回事。

「即使真是如此，還是不去！」奈奈堅定自己的立場，不去就是不去。「到底有沒有鬼，也不是你說的算！」

「真的不去？」斜眼一挑，曜日搬出王牌，「我的代理人？」

「……不去。」略作遲疑，奈奈仍是表明了自己的意願。因為是很重要的事情，關係到她未來是否能睡得安穩，所以奈奈慎重拒絕了三次，其餘兩次是在內心補充。

一個月黑風高的夜晚，天上的星子都悄悄躲起，鄉間小路兩旁的路燈盡責地投下一圈圈光亮，不至於讓黑夜侵蝕到每一個角落，整座城市像陷入沉睡般，悄然無聲。

這萬籟俱寂的氛圍裡，遠遠地就能聽到兩人的爭吵聲，但吵架的內容過於幼稚，野狗們聽見也只是把頭轉開，來個眼不見為淨。

「所以，我早就說了要坐公車嘛！」宮奈奈這句牢騷已經在曜日的耳邊反覆叨念了兩分鐘，他耳朵都快生繭了。

誰讓咱們東區土地神是出了名的「不適應大眾運輸工具之小生才不要搭乘」。

「靠我的法術也能到達，用不著每次都得依賴那個鐵盒子工具車吧！」

「公車就公車，鐵盒子工具車是啥鬼！」

正如曜日所言，全程都是依賴著某人的法術前往目的地，一路上伴隨著大大小小的狀況，不說無意闖進別人家，還正好撞見各種令人不堪的場面，幸好奈奈早有先見之明，在出發之前，就強烈要求讓曜日將他與自己裹上一層防護法術，凡人無法直接以肉眼瞧見他們。

為此，奈奈已經夠不爽了，更有件事，讓奈奈的表情簡直比踩到狗屎、喝水嗆到、考試零分還要更加不爽個一百倍，要不是理智拚命告訴她自己是個淑女、這樣做很不優雅諸如此類的，她老早就五爪一張抓起曜日的頭去撞牆。

行前，奈奈本是打定主意不去的，但曜日說憑他的法術中午前就能抵達，鬼害怕日光，她承認自己的確有那麼一兩秒動搖，想想去去也無妨，於是跟曜日約法三章後，就出發了。

出發是出發了，但結果跟原先設想的完全不同。

早知道就不應該相信曜日的法術，說什麼可以提早抵達，一切都是浮雲，等他們千迴百轉終於到達時，已經過了午夜十二點。

「白狐和黑狐確定不來嗎？如果現在通知他們，應該很快就能趕來吧。」那兩名小狐狸總比身旁的少年更加可靠。夜裡無月，奈奈不斷摩娑手臂，雞皮疙瘩紛紛立正站好，背脊間生出陣陣寒意。

「他們必須留守小廟，察看附近有什麼動靜，如果廟裡無主，容易招來不淨之物。話說，為什麼這時候提起他們？」

——當然是因為他們比你還可靠啊，老兄！

「……沒什麼。」但奈奈的眼神就足以說明一切。

果不其然，下一秒，曜日不滿的聲音在凝滯的空氣中炸開，「我全部都聽見了！」

「啊，我又忘記你能聽到我的心聲。」奈奈的話語絲毫沒有半點抱歉的成分。

「哼！」曜日生氣地哼了聲，轉頭大步走在前面，奈奈在幾步遠的距離孤伶伶地走著，任何黑影在她眼中都像是鬼影在晃動。

「曜日，別走那麼快，等等我啊，我跟你道歉還不行嗎！」

顫抖著尾音，奈奈幾個跨步，急起直追，眼見曜日的身影近在眼前，對方卻驀地止住前進的步伐，奈奈一個措手不及迎面撞上。

曜日之所以停住腳步不是為了讓奈奈能趕上自己，而是他們已然來到目的地。

路肩的廣闊土地同是屬於宅子的範圍，一眼望去只見肆意生長的雜草，藉由淡薄的月色，目光只能勉強觸及建築邊緣。

宅子外圍立有一道鏽跡斑斑的鐵門，明明無風，門卻滋嘎一聲地微微滑了開來，像是在歡迎他們的到來，也似警告他們休要再往前一步。

曜日看了一眼，揚起不屑的冷笑，正準備轉身走去，右手的袖子卻驀地傳來一股拉扯的力道。

「能不能別拉那麼緊……」曜日暗自嘆了口氣。

「我、我會害怕嘛！」奈奈尷尬地漲紅了臉，臉頰像被火燒過般燙了起來，但雙手仍緊緊地拽著不放。

「明明前兩次就沒見過妳這樣害怕，好歹是我的代理人，該振作一點吧？」曜日完全沒察覺自己根本沒有資格說別人。

「這次不一樣啦！」奈奈牙齒打顫，渾身抖個不停。

「哪裡？」說真的，除了地點不同，曜日真覺得沒有什麼差別。

「我們現在不就跟其他人一樣了嗎！」奈奈神經質地左顧右盼，就怕哪個陰暗處會忽然竄出鬼影來嚇唬人。「我從來都沒來過鬼屋探險，好學生在夜晚就是要乖乖待在家裡，哪都不去。」

「……都說這裡沒有鬼了。」不等奈奈反唇相譏，曜日率先踏出步伐，從鐵門閃身進入。

都到這節骨眼上，奈奈也只能隨人進去，為求安心，手仍搭著少年的袖子。

前面的路不算好走，碎石小徑都給長得和人一樣高的雜草掩去了蹤跡，只得不斷用手撥開擋在眼前的植物，才能順利抵達宅子的正門。

絲毫不敢吭聲的奈奈緊緊依附在曜日身旁，心猶如打鼓般激烈撞擊。如果可以，她想直接昏死過去還比較輕鬆。

最終他們來到了大門前，雖說是宅子的正門，但本來該是門板的地方如今只剩下一個大洞，黝黑的洞口深處隱隱約約能聽到詭異的嚎叫，聲聲淒厲。

「妳害怕的話，就留在這裡等吧。我去看看就回來。」曜日朝身邊的奈奈扔下一句吩咐，便筆直地走進洞口，黑暗像潮水般瞬間將曜日的身影包裹，很快就沒了個影。

「早去早回喔。」

也不知道哪生出的膽量，奈奈下意識地回道。其實冷靜下來就會發現不管是進去還是在原地，都是同樣駭人。奈奈被單獨留在原處，平時冷靜的臉孔，此刻卻布滿驚恐與惶然。

才等了不到一分鐘，睜著一雙圓眸的奈奈就快要瀕臨精神崩潰，她終於知道什麼叫度日如年，不對，此時此刻應該叫度秒如年才更為貼切。

這時，原本寂靜的夜裡不知從哪爆出一聲烏鴉的叫聲，使得原先就不甚平靜的夜添上一絲詭譎的氛圍，奈奈冷不防地被嚇了一跳，心臟快要突破最後一道防線衝出心口。

對奈奈而言，無疑是雪上加霜。在測試過自己的嗓子能夠確實地喊叫出聲之後，奈奈便腳步一跨，跟踏入那一潭幽暗之中。

奈奈可是鼓起了好大的勇氣，才萬分艱辛地做出這樣的決定。她不想一個人被留在那裡，即使要面對她根本無力承擔的事物，也好過什麼都不去嘗試。就算她事後一定會後悔，也待到那時再說吧。

奈奈一邊小聲地喊著曜日的名字，一邊移動到屋內深處。

過了玄關後，映入眼底的是幾十年前拿來做客廳的空間，裡頭空無一物，大部分東西在當時就已全數盡毀，只餘些許的殘骸，見證那場火勢的殘酷無情。

不過曜日不在這裡。不是都說這裡沒死過人，從某種角度上來看，的確非常「乾淨」，就連模糊的影子都沒見著。奈奈四處走走看看，目光隨意掃視，對自己究竟要找什麼，完全沒個概念。

正當奈奈準備邁開步伐，前往下個房間時，一堆在牆角的垃圾推引走了她的注意力，她先是盯著看了好半晌，好奇心終於戰勝勿隨意翻看別人家隱私的理智，上前探查。

垃圾堆名符其實就是殘渣與灰燼聚合起來的垃圾，裡頭除了灰塵與糾結的毛髮外，還有一些破碎的小紙片，這些可能對犯罪影集裡登場的鑑識專家有著格外不同的意義，可是在奈奈的眼中，就只是一大團毫無意義的垃圾。

失望之餘奈奈想起身走人，或許是角度改變，她的餘光撇見一開始沒有瞧見的物品，她彎下身，咬牙忍著潔癖從那垃圾堆挑出一張老舊的相片。

照片邊緣有著被火焚燒過的痕跡，微微向上捲曲。

這是張全家福，是人數眾多的大家庭，每個人都身著正式服裝，嘴角微微揚起，手擺著的位置明顯帶有拘謹的生澀感，似乎是當時流行的風格。

只不過背景不是照相館，而是選在宅院的大廳。

奈奈起身，拿著照片，來到全家福的拍攝場景，在相片的對照下，一個富麗堂皇，呈現那時繁榮興盛的景象；一個則是淒涼蕭瑟，時間的轉換似乎彌補不了這地方的傷口。

看了許久，這都只是一張再平凡不過的全家福，剛想放下時，奈奈注意到一個不對勁的角落，在家庭成員的後方，遠遠地在三樓樓梯把手空隙間露出一雙眼睛，眼睛的主人淡漠地望著底下的人們。

那個神祕的家族成員，除了眼睛其餘皆都覆蓋在陰影底下，就像只能活在黑暗中的人。

即便從大廳往上還隔著一個樓層，距離稍遠，但奈奈確認為自己不會看錯。

「還真是奇怪。」思來想去都理不出頭緒，奈奈偏了偏頭，很快就不放在心上，將照片放在自己的外套口袋內，以備不時之需。

她有預感，這張照片日後或許會有派上用場的一刻。

死寂的宅院宛如一潭死水，裡頭顯然已經沒有任何活物，這點曜日一踏進去就知道了，逐一看過一樓各個空間，沒想到竟然出奇乾淨。

放奈奈一人獨自待在外頭，曜日有些掛心她的安危，正想著隨便繞繞好回去交差，二樓忽然傳來清脆的碎裂聲，像是瓷器摔在地上的聲音。

循著聲源的方向找去，曜日踩著樓梯上到二樓，二樓做為臥室的用途，走道兩旁是一間間的寢室，但就像宅院的其他地方，所謂的臥房連門都沒有只剩石牆隔起的一個個空間。

然而，碎裂聲並未因有人不請自來而停頓，反而更加猛烈地響起，這聲音是從靠近曜日右手邊的第一間房間傳出。

走過去一看，卻沒見到火場遺留下來殘破不堪的景象。在那裡，他看到了當時的畫面，像回憶錄般，一幕幕在他眼前生動播放。

房間裡的女人正值熟女年齡，臉上的紋路仍遮掩不去年輕時是個美人胚子的事實，但此刻的她面部猙獰扭曲，像個深閨怨婦，在盛怒的驅使下，把桌上精緻的瓷器一併掃落，隨後有人匆匆從曜日身旁經過，阻止女人的荒誕行徑。

那些人像是沒注意到曜日的存在，只顧著眼前的狀況。

曜日細細思忖，半晌，才了悟這是幾十年前發生過的事，但事情的重點是誰在給他看這齣戲，目的又是什麼？

不遑多讓似地，第二個房間也有新的狀況，隔著牆隱約能聽到細微的交談聲。一名老婦人坐在搖椅上，手裡拿著張舊式黑白照，目光流露出懷念及微微的傷感，房間裡清一色都是女性，圍繞在老婦旁，聆聽著母親回顧過往舊事。

大致看過之後的房間，曜日發現只有男主人不見身影，算算時間，天色尚早，很可能還在外面工作應酬，又或者是……

曜日想這有可能跟第一個房間女人的情緒波動有極大的關聯，但他沒繼續探究下去，無論如何，這都是過去發生的事情，土地神也有職業道德，雖然要以眼記錄一切，但不會過度干涉別人的家務事。

前面五間房反覆呈現當時的情景，當曜日來到走廊末端，卻發現沒有房間了，取而代之的是一條通往三樓的階梯，古怪的是，這樓梯藏得很隱祕，似乎不想讓人發現。曜日不疑有他踏上階梯，盡頭處竟有一間單獨的房間，站定在房門前的剎那，縈繞在耳畔的噪音瞬間煙消雲散，恍如一場夢境。

死寂再度籠罩屋內各個角落。

與其他房間不同，這個房間的門完好無缺，當曜日正要握住金屬製的門鎖之前，手突然頓在半空，頭往旁一偏，他聽到了樓梯上響起了朝這步步踏近的腳步聲，越來越接近……越來越近……

「曜日啊，好歹出個聲音吧，憋著可是不好的喔。」

奈奈一邊小小聲地呼喊曜日，同時不忘瞻前顧後，每經過一處轉角就要探頭探腦一番才肯前進。

眼睛好不容易才適應了黑暗的奈奈，因為心懷恐懼根本就忘了自己隨身攜帶一支手電筒，何況大喇喇地提著手電筒，活像是人體電燈泡，讓自己暴露在致命的危機中可就糟糕了。

現在的首要之務，就是找到曜日。

咚一聲。彷彿要引起奈奈的注意，樓梯上方向忽然傳來一聲重物落地的聲響，奈奈一手按在心口上，略微猶疑，卻還是前往聲源一探究竟。

平穩地踏上二樓平臺，奈奈不自覺地放慢腳步，隨著距離逐漸拉近，響聲也變得越加清晰，就在即將彎過轉角的那一刻，映入她眼簾的是……

什麼都沒有。

沿著走道，兩旁有許多房間，噪音忽然間就消失殆盡，彷彿一切只是錯覺。奈奈將大多數房間都給檢查了一遍，畢竟沒有門板能夠阻隔視線，從外面就能對裡面的情形一目瞭然，但先前就說過了，什麼都沒有。

這裡如同宅院給人的初次印象，就是個空屋廢墟。

跟著來到走廊的尾端，奈奈意外發現還有一道沿伸向上的階梯，通往三樓，兩側有點狹隘，但她還是手腳並用地爬了上去，一會兒才成功抵達新的樓層。

奈奈眨眨眼，接著語調略微上揚地喊出對方的名字，「曜日，原來你在這裡！」

曜日原先繃緊神經，絲毫不敢鬆懈，但在視線觸及奈奈後，便放緩了表情。而後將目光轉回面前的門板上，他並沒有詢問奈奈前來的原因，也沒有因為擔心她的安危，就要對方離開這裡，就是有了心理準備，才會踏進這裡的吧，作為他的代理人，奈奈可不如一般女生嬌弱，某些時候還是相當可靠的。

對的，就只有某些時候。

忽然間那門像正被人重重地搥打著，一下又一下，力道之大，連木門也隨之震顫不已。隨著每一下抖動，奈奈嘴上雖沒說什麼，卻下意識地閃身躲到曜日身後。

奈奈方才聽到的根本不是什麼重物落地的聲響，想必就是撞擊木門的聲音，只是才剛停歇，沒多久又死灰復燃，彷彿門板後方困有一頭飢渴鮮血的餓獸，正試圖衝破囚禁牠的最後一道防線，準備大開殺戒。

「這個樣子，持續很久了嗎？」奈奈覺得口乾舌燥，很想逃離現場，可眼下的情況已不允許她臨陣脫逃。

「有幾分鐘了，這已是第三次響起。」曜日證實了奈奈的猜測。

「那現在應該怎麼辦？」

曜日聳了聳肩。他能怎麼辦？破門而入嗎？敲門？那樣既愚蠢又沒意義，目前能做的似乎只有靜觀其變。

噪音仍持續著，奈奈小心翼翼地走上前，與曜日對視後，手撫上門板感受跳動，激烈憤怒的聲響在樓層迴盪不止，像要把在附近安眠的人都吵醒般，擾人清幽。

不過不會造成什麼立即的危險，暫且可以安下心來。

「所以，我就說吧，真的有鬼。」奈奈呐呐地冒出一句，在講到「鬼」字時仍是不由自主地放輕了音量。

「就是有才奇怪吧？」曜日咬牙忍住賞奈奈一記白眼的衝動，「想想看，沒死過人的宅子，鬼又是從何而來？」

「嗯……」奈奈眉頭深鎖，擺出努力思考的模樣，但不到幾秒後就宣告放棄，太難想出箇中緣由了，只得聳肩，「照理說那東西不是無所不在的嗎，在哪邊出現都不奇怪吧。」

「總之，不管事情真相為何，我都要進去一看，探探究竟。」曜日說話的語氣態度，完全不像是在徵詢他人的意見，「準備好了嗎？」

「還沒。」奈奈不願進去的心情也是無比堅定，她按著心口，發現自己的心臟跳得比這門板還要激烈。

「好，既然準備好了，那我就要打開門了！」曜日根本不把奈奈的話當一回事。在他伸出手搭在門把上，還未施加扭轉的力道時，咚咚的撞擊聲霎時停歇，接著門像是受到無形的力量牽引般，緩慢向後無聲地滑開。

見狀，奈奈小小地尖叫出聲，現在這不就是驚悚片的情節了嗎！男女主角到鬼屋探險，結局可想而知，不是只有一人存活，就是全部的人都死於非命！

門後的空間和其他房間如出一轍，映照在兩人眼底的是一間空蕩蕩的房間，什麼東西都沒有，除了——

正瑟縮在角落的那一大團黑影。

無月之夜，風悄悄吹淡了雲絮，清冷的月光從沒有窗簾掩蔽的窗戶流瀉進來，灑了一地銀白，但那抹黑影卻自成一格，獨自陷入全然的黑暗中。

同一時間，西區。

夜都已過了大半，此時的言夜褪去了平時包裹緊實的層層外衣，只剩單薄的內裡，但他沒有熄燈就寢的打算，而是一個人挑燈來到手藏近萬本的資料室，這些全是關於這塊土地發生的種種事件，不論大小，土地神有責任見證它們的繁榮與衰敗，並一筆一畫地確實記錄下來。

有件事言夜很是在意，關於玄音所說的那棟宅院，其中似乎有著什麼難言之隱，還有火災的起因，然而事過境遷，要找到當年的紙本紀錄有些難度。

真的是單純的意外嗎？巧合？世上有很多意外不能簡單地以巧合帶過，有因就必有果，不過這得讓一切重回原點，才能看是誰親自種下了因。

今夜，言夜打定主意挑燈夜戰，希望能搜尋到有用線索才好。

雙笙與連笙難得不在旁隨身侍候著，言夜沒感覺到多少清幽，相反，他全身都處於緊繃的狀態，就怕有什麼事要發生。

他讓自己的兩位使神前去保護曜日還有奈奈，雖然此事是言夜一手謀劃，但他仍放心不下，他們此行可不只是鬼屋大冒險那般輕鬆。

尤其，裡頭關著的地縛靈絕非善類。

與此同時，言夜的手也沒有停下，纖細白皙的手指快速滑過一冊一冊整齊排放在書架上的檔案，目光在那些標註著年分的線裝冊子上掃過，然後鎖定其中一本。只見言夜微微踮起腳尖，袖子往後一撩，伸出白淨的手臂，指尖輕輕一碰，本子自動順著無形的軌跡滑下。

然而就在書冊即將到手時，隔壁的一本冊子不小心遭受碰撞，落在地上，言夜彎腰拾起，基於謹慎，當下隨即翻閱起來，然後指尖驀然停留在某一頁，那頁是關於無名之人。

這類人在神仙的紀錄當中也相當少見，凡間的任何人無論是出生或逝去一概都逃不了他們的法眼，幾十年才會出現一次這種身世成謎的無名氏。

不知道父母是誰，也未登記人口、未註冊入學，甚至沒有就醫紀錄，如同一出生就人間蒸發般。身為無名之人，往後也得背負這遭受遺棄般的命運，為世人所遺忘。

而這頁卻記載了這麼個人，顯然跟宅院有著相當程度的關聯，不只是姓氏相同，生辰八字也與那戶人家最小的兒子差不多，但是沒聽過他還有其他兄弟，難不成是一出生即夭折的雙胞胎？

這上頭並沒有詳細記錄死亡的確切原因及時間，關於此人的全部幾乎都是空白。

「難不成？」似是聯想到什麼，言夜腦中忽地閃現一個想法，使得一向以沉著自持的他也露出詫異之色。

如果一切真如同他設想，事情就複雜多了……

這個時候，外頭忽響起一陣雜亂的腳步聲，突兀地打斷他的思緒，言夜回頭，目光望向聲源，手中的冊子不知何時已被歸回原位。

通往資料室的門被人倉促地推開，來人神色慌張地跨過門檻，坐在桌後的言夜，心中早有準備，無論聽到什麼樣的消息。

纏繞黑影身周漆黑的霧氣滾滾而起，似有自主意識般，不停在附近肆意遊走，緊緊依附著那個角落，怨氣凝結黑化，具體呈現於眼前。

在黑影的中心，有個人影從中模模糊糊地浮現，好像一直以來他都在那裡，黑氣即是由他的心念而生。

地縛靈生前有所執念，死後這股強大的念便是限制其活動範圍的主要因素，除非排解執念，不然會被長期束縛於此地。

「你是這戶人家的家人嗎？」曜日上前幾步，試圖跟對方攀談，瞭解對方的執念，才好知道該從哪著手。

聞聲，黑影抖動幾下，霧氣更激烈地翻攪滾動，接著黑影轉了個方向，伴隨著吵雜刺耳的金屬撞擊聲，原來那些黑霧是由纏繞在他身上的鎖鍊溢出，層層綑綁連結著這棟屋子，將之永生永世地囚禁，地縛靈無法憑自我意願擅自離開與自己淵源深厚的宅院。

「好可憐……」奈奈下意識地脫口而出。死去的魂就該投胎轉世，然後重尋返回人世間的機會，而不是像這樣子……

可謂是求生不得，求死也難啊。

「欸，奈奈！」曜日轉頭向一旁的少女低斥一聲，但話既已出口，就如同潑出去的水般，覆水難收。

就見地縛靈一點一點地拉扯著冰冷的金屬，面向奈奈，黝黑如墨的長髮幾乎覆整張臉，唯獨露出一隻暗自傷神的眼。

「妳說我可憐？是啊，生前就夠可憐了，誰曉得死後也不好受。」

低沉沙啞的嗓音敲打在這偌大的空間裡，悠悠的嘆息聲響起，黑影不悲不憤，聲音給人一種歷經滄桑的感受，縱使有再多的怨恨，在無盡的歲月面前也只能被消磨殆盡。

原來地縛靈是位男性，年紀應該落在三、四十之間，光憑聲音和獨露在外的一隻眼睛，奈奈能推斷的實在不多，不過就剛才的那一番言論，算是讓人稍微放心。

戒備心因此減弱了不少，奈奈放大了膽，開始上下打量地縛靈。宛如有生命的黑霧環繞在旁固然駭人，但這個靈沒有傳聞中的可怕，搞不好還是個能夠溝通的對象，這樣一想，面前的靈看起來就親切了許多。

「你叫什麼名字？」奈奈出聲詢問。

「名字？」喃喃咀嚼這一個字眼，良久，卻只是無奈搖頭，「我沒有名字，或許以前有，但我早已忘記了……」

遺忘名字並不常見，但也不算少見。

「沒有名字的地縛靈，你跟這家人是什麼關係？」曜日不覺失禮，挑起眉質問道。

沒有正面回答問題，像是第一次注意到土地神的存在，地縛靈先是望了眼少女，再看看曜日，視線不斷在兩人間來回，游移不定，最後落在曜日身上。

「妳是凡人，而你卻是神？」語調止不住地上揚，地縛靈激動地微微瞠大眸，緩緩向前移動，鐵鍊滑動的聲音跟著響起，伸出去的手在碰觸到曜日的前一刻又頹然放下。

見狀，曜日不由自主地往後退了好幾步，半晌才發現原因所在，不只是鍊子限制其行動，地縛靈本身似乎不良於行，這怪疾應該生前就跟著他直到現在。

「我是東區的土地神，我們之所以來到這裡，是為了幫助你。」曜日打定主意要與面前的靈保持適當的距離。

「幫助？」地縛靈的語氣似乎很迷茫，不懂自己為何需要別人的幫助。「你倒是第一個對我這麼說的神呢。」

「他叫曜日，而我是他的代理人，宮奈奈。」奈奈接口說下去，神情滿是真誠，「有什麼困難可以告訴我們，沒有什麼事不能解決的。」

靈之所以地縛，就是因為心願未了無法順利升天。

「真的什麼事都能幫我解決嗎？」

「嗯嗯，你說！」奈奈不假思索地拍胸口保證。

慄。

「那就去幫我殺一個人吧！」雲淡風輕地語氣，無謂的態度令人感到不寒而

「耶？」奈奈一愣，緊接而來的是錯愕，「殺人什麼的怎麼可能去做！」

「哈哈，我開玩笑的，不要放在心上才好。」地縛靈驀地爽朗大笑，刺耳突兀的笑聲迴盪在四周。

「呵，地縛靈先生真是幽默呢……」奈奈還真是半點都笑不出來，不知道該怎麼接話，只能試著緩和這突如其來的尷尬氣氛，結果只換來曜日一個肘擊，要她別多話。

奈奈識相地立即閉嘴不言。

「你還沒回答我上一個問題。」察覺地縛靈有意迴避，曜日決心要逼迫他吐露出鮮為人知的家族祕史。

「哎呀，看來神仙大人就喜歡探索別人的隱私，我有拒絕的權力嗎？」自嘲地哼聲，地縛靈語帶輕佻地說道，曜日並沒有因此被激怒，只是皺了下眉，地縛靈無所謂地聳肩，倒吐了口氣。

「好好，我說總可以了吧！」

看來，地縛靈終究是妥協了。

曜日和奈奈不再插話，讓地縛靈自己娓娓道來關於他的執與念。

「你們猜的沒錯，我是這個家的一分子，或者該說是曾經呢，明明都是過往的事情了。」自嘲地揚起嘴角，地縛靈的語氣承載著滿滿的無奈，「當時，我們家也算得上是這附近數一數二的大地主，但老父和大哥很早就去世了，二哥在海外求學，家裡的事業自然就全落在小的身上。」

停頓了幾秒，地縛靈側著頭，細細回想，才繼續接上先前被自己中斷的話，「小的很快就成家立業，接掌家中事業，經過一段不算短的時間，逐漸上了軌道，事業也蒸蒸日上，但就是在那之後，明明有好幾個可愛的孩子，妻子也是個標緻美人，卻還是犯了全天下男人都會犯的錯誤——外遇。這些我都是聽家僕說的，還真是可笑，明明就有一個人人稱羨的美好人生，卻被自己一手給毀了，還真該死，不是嗎。」像是澄清什麼，地縛靈補充一句表示自己只是個旁觀者。

聽到此處，曜日才漸漸領悟到先前看到的陳舊影像是曾經真實上演過的畫面，也明白了貌美如花的婦人為何會遊走在情緒失控邊緣，想來是因為發現丈夫的不忠，遭受自己所愛之人的背叛，任誰都接受不了吧。

但有一事，他仍想不明白。

從頭至尾，地縛靈都沒有清楚地指出自己在這個家到底扮演著何種角色。

「你還是沒有說白，你跟這個家到底有什麼樣的關係？」

繞了大半圈，問題仍沒有獲得解答。

「是嗎，原來還沒說啊。」地縛靈偏了偏頭，看向他們的視線頓時透出冰冷，似是這才是他初始的樣貌。「不錯，我便是這個家最小兒子的孿生兄弟，我比他早出生了幾秒，應該算是哥哥吧。」

「怎麼會，」曜日眉頭一皺，直覺不對勁，「可是戶籍上並沒有你這號人物。」

「這是當然的吧。」面對質問，地縛靈的表情看似不怎麼意外，「我與那個弟弟不同，一生下來，身體就有殘缺。在當時那個民風純樸的年代，這樣的人被視作不詳之人，別說沒有入戶籍了，我連學校都沒有去過，從出生就一直像家畜般被豢養在這個小小的空間裡，除了家裡的人，根本不會有人知道我的存在。」

最後一字的話音落下時，地縛靈微微扭過脖子，視線垂低，落在他從出生以來就畸形的雙腳，不只剝奪了他正常生活的權力，食衣住行也通通得仰賴他人幫忙。換句話說，不只夢想與自由，就連呼吸都是旁人施捨的，否則他連活下去的勇氣都喪失了。如今，更是因為這雙腳讓他來不及逃離火勢，葬送自己本不該活著的生命。

這些他曾經視為家人的人，在意外發生的當下，毫不留情地遺棄了他，從他們看自己的眼神，他知道自己無非就是個寄生蟲，是拖垮整個家族的累贅。

但這些都會過去的對不對？

可惜沒有，原以為雨過天晴後卻迎來一場令人猝不及防的暴風雨。

看看他被困在什麼樣的鬼地方！有些事，不是說忘記就能忘得了，時間只會把傷痕磨得利如尖刃。

尤其是——

「地縛靈先生沒上過學嗎？」奈奈還是破功了，沒能守住與曜日的承諾，她只是覺得面前的地縛靈談吐不凡，不像他話中說的那般完全沒受過教育，「但是你看起來不像是不識字的樣子？」

「雖然沒去學校，但平常關在房間裡也沒什麼事可幹，所以我都在家自修，請家僕替我買些書籍回來。」地縛靈出言證實了奈奈的猜測。

「你說，你一直都待在房間內？」聽完地縛靈的敘述，良久，曜日才出聲。

「是啊，我這雙腳也不能帶我去哪裡吧……」提到傷心處，地縛靈微微低下頭，長髮傾瀉而下覆住了表情，奈奈看了心也跟著揪在一起。

奈奈很想叫曜日別問了，他們來此可不是為了揭人家的瘡疤，而是幫助地縛靈完成生前未了的心願，助他順利升天，結果曜日下一句話卻出乎她的意料之外。

「火災發生的時候你在哪裡，你……」曜日猶疑不定，想著要以怎樣的措詞詢問。

「你……」頓了一頓，地縛靈抬起臉來，先前的悲傷一掃而空，「不會在懷疑是我放的火？」

「怎麼可能啦，」奈奈連忙答腔，「地縛靈先生又逃不了，不可能讓自己命喪火窟的吧！」這種可能性，她連想都不敢想。

「我沒說是你放的火吧？」曜日不理會奈奈，上前幾步，沉聲說道：「我是在問，你知不知道是誰縱的火？」

「怎麼可能……」奈奈本想質疑曜日，但一見到地縛靈的表情，隨即轉為無聲模式。

明眼人都看得出地縛靈內藏心事，不可能什麼都不知道。

仔細一想，從他們踏進房間的那一刻起，地縛靈非但沒有提起那場火，甚至自己的死也隻字未提，只是很快帶過自己的身世，還與他們閒話家常，在在都透露出不尋常的味道。

地縛靈回以沉默，臉上的表情沒有太多變化，反倒異常地祥和，讓人捉摸不透。

雙方沉默了好一段時間，最末地縛靈出聲打破寂靜，「你說的沒錯，我確實知道。」

「咦？」奈奈錯愕的嗓音跟著響起。

「那個人，你也認識的吧？」曜日毫不意外，一副了然於心的樣子。

「莫非是——」視線不斷在兩人身上來回游移，奈奈總覺得自己也要說點什麼才行，縱使她並不知道問題的答案，只是跟著風向搖擺不定。

還是說，曜日其實也不知道，只是為了要套出對方的話才會那麼說？有可能是那樣嗎，以問題來回答問題，藉此套出想要的答案。

「他那天提早出門，孩子們也都上學去了，家裡只剩幾個女人和僕人，當然還有我。」幽深的眸子裡彷彿映照出那天的光景，悲劇再度上演，火焰熊熊燃燒，貪婪地吞噬每一個角落，「那場火來得突然又猛烈，誰都無法料到，起火點據說是廚房，但無論真相為何，都已經不重要了。」

——不是吧，那麼直接就回顧過往的舊事嗎，也讓人有個心理準備啊！奈奈還沒有準備接受殘酷的真相。

「家裡的其他人逃得快躲過一劫，」地縛靈繼續說，「而我永遠地被遺留在這裡，彷彿是一開始就不該存在的死人，這個家注定沒有我的位置。」話至盡頭，空氣宛如殘留哀傷的餘味，令人難受至極。

曜日和地縛靈似乎都對「他」有相當程度的了解，就奈奈一個人仍處在狀況外，想插話，腦中卻是一片空白。

「那你為什麼知道是他？」曜日想做最後的確認。

「在那之後過了幾年，他再度回到這裡，曾經屬於他的家，或許是想要懺悔，逃避良心上的譴責吧，在他不自覺地說出那天的事發經過時，他並不曉得，那個被他害死的哥哥就在這個房間內，埋怨著他。」地縛靈神色平靜，「當然，他因為受到了外面女人的蠱惑，對方要的其實也不難理解，無非是要他毀掉自己原先的家庭好好跟她在一起，給她一個名分。但他毀的可不只是一直以來默默在背後支持他的家，更是多年來的避風港。百年大宅一夕之間毀於一旦，但人非得要等到失去才能意會曾經擁有的美好，他清醒也不算太晚，跟那女人分手後，全家人搬到別處低調過日子。」

真相終於水落石出。

「所以說，放火的是你的親弟弟？」後知後覺恍然大悟，這比鄉土劇還灑狗血的劇情令奈奈忍不住瞠大了雙眼，原來電視上演的都是有脈絡可循，早在幾十年前，大家就玩起相愛相殺的戲碼了嗎！

「其實這樣也不錯，看來我終究不是毫無意義的，促成弟弟有個美滿的家庭，即使那個家再也沒有我這號人物，但又有誰在乎呢？」嘴角浮起自嘲的微笑，地縛靈無奈地搖頭嘆息。

了解對方的執與念，接下來，該做正事了。

「照你所說，想來你生前一定有很多遺憾，我們可以為你完成一個心願，心願達成，就該是升天的時候了。」

曜日難得收起平時嘻笑輕浮的態度，偶爾認真工作一回，話裡行間都是誠懇，看來他是真心想祝地縛靈能早日完成最後的心願，順利回到他該去的地方。

地縛靈被曜日的這番話給打動了，眼眶濕潤，腦袋微微一偏，看來是在認真思考生前的心願，回憶起那段短暫的時光，自己最想要的是什麼。

不多時，終於從地縛靈的口中聽到了他最初、也是唯一的願望。

「我想要過生日。」想了想，又補上了一句，「必須要有蛋糕跟蠟燭，沒有禮物也沒關係。」

語末稍做停頓，地縛靈無比開心地等著兩人的反應，希望真如他們所說，替他完成最後的心願，一切結束後，他的一生也算是圓滿了。

「生日？」眉梢輕輕一挑，曜日不確定自己該做些什麼回應才能符合對方的期待。

「蛋糕？」要說詫異的話，曜日絕對不是孤單一人，雖然重點不同，奈奈也同樣懷疑自己耳朵。

心願有百百種，但面前地縛靈將答案吐出的那一刻，奈奈不免鬆了口氣，原以為是挑戰難度更高的願望，沒想到只是過生日那般輕鬆簡單的任務，但隨之而來的問題接二連三地向奈奈湧來。

地縛靈能吃蛋糕嗎？他知不知道自己現在幾歲？不知道的話根本無法擺上蠟燭，不，現在事情的重點顯然不是這個……

「嗯！」地縛靈堅定地點頭，「所謂的生日即是慶祝自己誕生的日子吧，從小到大我都沒有體驗過，所以無論如何都想試試有人真心祝福自己誕生的滋味，你們能替我達成這個心願嗎？」

「這個嘛……」眼前的靈說得嚮往，一向秉持著助人為快樂之本的奈奈卻猶疑了。自己也說不上為什麼，這個願望很小，照理來講沒有什麼可遲疑的，一個小小的心願就可以順利解決問題，這很划算。

偏偏這個時候，奈奈腦海浮現了此時正靜靜躺在她外套口袋內的黑白相片，那個小男孩就是眼前這個男人吧，可是感覺上似乎又是不同的兩個人，小時候他的眼神淡漠如冰，而現在的他，表情豐富，不凡的談吐跟有禮的舉止讓人忍不住對他產生好感。

但這樣平靜的氛圍卻透出莫名的古怪。

「好，我們答應你的要求！」不容奈奈多想，身旁的曜日倒是很快做出承諾，明明平時就不見他這麼乾脆。

奈奈急忙一個箭步把曜日拉到稍遠點的距離，附在他耳邊說起悄悄話，「這樣貿然答應不太好吧？」

「哪裡不好？不過是過過生日。」曜日以正常音量回應，絲毫不覺悄悄話就是要壓低聲量。

「我……」奈奈一時答不上來，只好扯到另一個問題上，「你有錢嗎？要買生日蛋糕，得要先有這個才行，你平時不就最缺這個嗎！」奈奈食指抵著拇指，圈出一個銅板的手勢。

「我是沒有，但奈奈不是有嗎！」曜日雙眼鎖定奈奈，嘴角一勾，咧出一個燦爛的笑靨。

「你……」讓人無法忽視、小鹿亂撞的該死笑容，奈奈語塞，一時竟接不上話來。

「那個靈很可憐吧？」曜日決定再接再厲，試著說動少女，「這樣妳忍心嗎？良心過得去嗎？人家最後的心願很可能因為妳而泡湯了，還得在……」

急忙打斷曜日的話語，雖然很失禮，但繼續下去只會沒完沒了，她能不理解嗎，如果只是買一個六吋的小蛋糕還在奈奈的能力範圍之內，只不過她這禮拜除了該有的花費，額外的零用錢就這麼飛走了。

心疼歸心疼，但為了眼下的狀況，奈奈只能牙一咬，忍痛跟她本來就為數不多的零用錢說掰掰，希望有有朝一日能有緣再相會。

「我知道了啦！我又沒說不幫忙。」嘟囔了聲，奈奈點頭妥協。

悄悄話時間結束，兩人又回到地縛靈的面前站定，所幸他對自己的生日細節沒什麼特殊的要求，蛋糕的口味和種類一律都行，不挑嘴，反正他只是要體驗過生日的氣氛，其餘的全權交由他們自行決定。

三方討論完畢，算是接下了委託，曜日率先走出去，這個時間點除了二十四小時營業的超商以及一些零星店家，大部分的營業場都拉下鐵捲門、掛上打烊的牌子，他們只能到鎮上較為繁榮的市區碰碰運氣。

奈奈跟在後面，前腳剛跨出門外，卻被一個忽然閃現的念頭給頓住了腳，她回過頭時發現地縛靈低垂著臉，不知在思索些什麼，單獨露出來的眼底現出一絲異樣的情緒，稍縱即逝。

可奈奈沒有錯過。

「地縛靈先生？」奈奈叫喚了聲，試著引起對方的注意，「是，請問還有什麼事嗎？」再度對眼時，地縛靈的眼睛又恢復寧靜的神色。

「我只是在想，」奈奈緩慢、謹慎揀選適當的用字遣詞，怕因此激怒了面前的靈，「你說，你的弟弟曾經回來這裡，那些懺悔也是出自於他的自白，那你又是如何想的呢？」

「嗯？」地縛靈不明白奈奈想問些什麼。

「我的意思是，」奈奈決定換一種直白的方式，「你原諒他了嗎？」

原諒，寬恕別人說得簡單，但真正放下，可不是人人都能輕易辦到的，即使對方是曾經的家人。

懺悔，無非就是希望獲取對方的原諒，如若另一方恨意依舊存在於心，那麼懺悔本身就毫無意義，到頭來就只剩無窮無盡的悔恨。

「當然，」地縛靈扯出一抹淡然的笑意，臉上盡顯對一切皆已釋懷的神情，「我都已經死了，恨這種東西對現在的我來說根本毫無意義，雖然當時我弟弟看不見我，但我想，他一定也能感覺到我已經不再恨他了吧，人們都說，雙生子不是有某種心電感應嗎？」

這樣的答覆完全是意料之內，但奈奈不確定是不是自己想聽到的，這讓她不免又遲疑了起來，感覺好像有什麼被忽略了，奈奈有點無所適從，只能茫然地眨眨眼。

「怎麼了嗎？」地縛靈詢問。

「不，沒事！那我們走了！」倉促勉強的笑在奈奈的嘴角一閃即逝，曜日已經等得不耐煩了，擺一擺手，奈奈急忙向地縛靈告退離去。

「回來我們會帶一個蛋糕給地縛靈先生你的！」

最後在樓梯口稍遠處，傳來奈奈清脆嬌氣的嗓音，宣布在一個時辰之內、天亮之前，他們會再回來這棟宅院裡，要地縛靈做好準備。

略顯雜亂的腳步聲沒有重疊，可見只有一個人回來。

這間廂房地處偏遠，做為資料庫、書庫的用途，平時言夜就在此辦公，除了架上的書冊方便拿取，要想調出什麼資料也方便，自己就能辦到的事也用不著特意差使人。雖然這裡離正房稍遠，但可以避開大量的信徒不怕被打擾，不失為一個辦公的好選擇。

所以，雙笙才能很快地找來這，言夜平日就只會在幾個地方兜轉，又屬在這裡留的時間最長。

實在是很不尋常，這對向來溫和穩重的雙笙而言，簡直像是不同的兩個人，言夜嗅出有哪裡不對勁，重點是連笙並沒有跟著一起回來。

「大人。」雙笙雙手一拱，喘息間仍沒有忘記該有的禮數。

「連笙呢？」言夜就算想保持冷靜，心裡卻早已被攪得天翻地覆，眉頭緊蹙。

「大人，請勿操心，連笙沒事。」雙笙一抬首見著言夜那憂心忡忡的面容，忙不迭地說道，「只是我們發現異狀，於是我讓連笙在原地留守，我先趕回來通報大人一聲。」

言夜鬆了口氣，鬆了鬆從剛才就緊握的手，「沒事就好，曜日和奈奈想必也沒出什麼亂子吧？」

「這……」雙笙卻遲疑了起來，目光低垂，「其實我們也不怎麼清楚。」

「什麼意思，你們不是跟在他們後頭前去的嗎？」

雖然不是同一時間抵達，但前後的時間應該不會相差太多才是，不至於將人跟丟。

「但是我們卻無法再前進一步，宅院的外圍被一股無形的陰氣給包圍住，尤其是屋子上頭，更是濃烈。」言盡於此，雙笙帶回來的情報就這麼多了，由於無法再踏前一步，雙笙才趕忙回來，希望能獲知他們下一步該怎麼做。

「陷阱。」言夜微思忖，面色凝重地輕吐這有如毒藥般致命的詞，「你們有親眼看到曜日和奈奈走進去嗎？」

「是的，兩位大人似乎都無所察覺，而且陰氣在快要接觸到兩人時，自動向後退開，好像有意讓他們進入。」雙笙想起當時的情景，仍是不解。雙笙和連笙尾隨在曜日他們身後一同前往，事前並沒有通知兩位大人，既然名為暗中保護，此事定只能潛藏在暗處。

起初，雙笙以為他們的行蹤暴露了，要不然曜日大人怎麼會繞好大一圈，明顯是為了擺脫不速之客，直線的路徑卻要左彎右拐，抵達目的地都已是午夜的事了。不過，又不像真的發現他們的樣子，可能只是他們多疑了，他和連笙就繼續完成言夜賦予他們的任務。

後來發生意料之外的插曲就如同他向言夜大人報告的那樣，不僅他們沒好好完成任務，甚至連宅子方圓百里內都沒能欺近一步，就這樣硬生生被一道看不見的牆阻隔在外，情急之下，雙笙只能先拋下連笙回來，看大人如何論斷此次的突發狀況，給出明確的指示。

「嗯……」言夜聽完雙笙的呈述，沉吟了一陣，然後起身移步到一旁的書櫃，目光在上頭流連，再回來時，懷中多了一本厚如磚頭的典籍。

雙笙一見著那本書，眼睛登時一亮，頓時明白了大人的用意。

言夜手中的那本是記錄了這塊土地上悲歡離合關於「悲」的部分，裡面記錄著多少逝去的生命早已數不清，久而久之，幾十年的光陰一晃眼就溜過，原本只是本小冊子如今已累積了豐厚可觀的頁數。

與每一戶人家的戶口資料不同，裡頭詳細記載了每個人卒於距今多少年幾分幾秒，甚至連死因都一併記上。

書雖到手，言夜卻不急著翻開，在多如繁星的亡者名單中，要想找出一個人，著實有些難度，還得剔除同名同姓之人，光一個頁面就有數十個名字，更不用提沒有所謂引導的目錄。

屏住氣息，言夜口中念念有詞，纖細的指尖在封面掠過，像是受到什麼感應似地，書頁自動翻了起來，一時間房裡只餘紙張沙沙作響的聲音，接著停在了其中一頁。

顯示出的正是那棟宅子家主的名字，算算時間，如果那位仍活著的話，也是高齡八、九十有餘。

不過，這個名字既然出現在此處，代表他已經不存活於世。不只如此，上面的紀錄是這個男人在三、四十歲，正值青壯年時期就已亡故，死因不明。

「看來我們得走這一趟了。」言夜嘆了口氣，早該猜到這地縛靈並非善類，尤其是殺一個人後，陰氣更是非同小可，活人不幸沾染必會重挫元氣。

「大人是想到什麼了嗎？」雙笙隨侍在言夜的身旁已有好一段時日，自然能從西區土地神臉上看出一絲端倪。

「先不論地縛靈與宅子的主人有著什麼血緣上的關係。」言夜思緒清明，眼神沉靜，即便白日處理了繁重的公務，也不見疲憊。「但家主的死肯定與他脫不了關係，對此，去這一趟無可避免。」

雙笙隨言夜漫步來到夜色之下，今夜無月微涼，晚風徐徐地撫過靜靜佇立的兩人，言夜冷不防地打了好大一個噴嚏，鼻頭微紅，這才想起自己只穿著單薄的內裡。

「還是先讓我換上衣服，我們再出門吧。」言夜搓著略微受寒的雙臂，回頭交代了一句。

「……是。」

市區的烘焙坊如奈奈所料，幾乎都已打烊了，想想也是，蛋糕師傅也是人，需要睡眠，而烘焙坊通常都不是標榜二十四小時營業，讓曜日不禁沮喪得開始自暴自棄，想隨便抓一把泥土，然後施以一層以假為真的幻術，濫竽充數，讓對方以為是真的蛋糕不就得了。結果這念頭還沒實施就被奈奈打槍，認為是欺騙的行為，他們好歹是神仙，這實在有辱名聲。

最後，奈奈終於在某一家快要收店的超市買了個不超過六吋的小蛋糕，還附有數根蠟燭。

總算是在約定的時間內趕回宅邸。

地縛靈一臉感動地望著擺在眼前的蛋糕，像是第一次見到般好奇地左右打量，還主動把蠟燭一根根插上，直到蛋糕表面插滿了蠟燭才肯罷手，在地縛靈興奮地擺動雙手時，纏滿身上的鎖鍊發出喀喀的噪音。

「真是太感謝你們了，雖然我嘗不到這蛋糕的味道，但這樣就足夠了。」

「這沒什麼啦！」曜日一擺手，要地縛靈別放在心上。

付錢的明明是奈奈，但她本人對曜日這般邀功的行為不以為意，只是一臉神奇地看著地縛靈往蛋糕放上蠟燭的舉動，不禁在內心暗忖：原來鬼可以碰觸實物的嗎？並非像電視劇演的那樣，會穿透而過，若非自己親身經歷，到死之前都不可能知悉。

「這樣子就可以了吧？」曜日盤腿在地縛靈的對面坐下來，「接下來別忘了……」

然而，地縛靈直接打斷曜日，「蠟燭都插上了，但如果沒有點燃的話，我就聞不到蛋糕的氣味了。」地縛靈像個孩子般提出要求，興奮地咧開嘴，要不是被身上的鎖鍊束縛，肯定跳上跳下表現他對蛋糕的期待。

鬼通常是透過蠟燭或香引出食物的氣味，奈奈再一次嘖嘖稱奇。

不等奈奈坐下，曜日食指和拇指相互交錯，指節一彈，發出響亮的響聲，數根蠟燭隨即被燃上一簇簇的火苗，偌大的空間瞬間被溫暖的火光籠罩。

燭光搖曳晃動，幾個人的影子隨著火光，不斷地在牆上改變形狀。

與其說為了慶祝某人的生日，奈奈倒覺得他們現在這樣，更像是某種邪教儀式，只差沒放上活祭品。

火光映照在臉上，光影相互交錯，奈奈不自在地將脖子往後一縮，視線從蛋糕上轉開，看著牆上映著她一個人的影子。

曜日是仙人，沒有影子很符合常理，地縛靈也應當如此。等等，在他身旁的那抹黑是什麼？奈奈忍不住扳起面孔，瞇眼細看。

「既然蠟燭都點上了，接下來就是唱生日快樂歌的時間，唱完就可以許願啦！」地縛靈對自己最後的心願異常堅持，希望能照著標準流程走。

「隨便你。」曜日輕嘆口氣，可是卻沒有任何動作。

他深深覺得這靈不是普通難搞，難怪會被北區土地神視為燙手山芋，巴不得扔給別人處理。

奈奈看了這邊一眼，又回過頭將視線專注地落在可疑的黑影上，無暇顧及其他。

地縛靈一瞬也不瞬地盯著曜日，看了好半晌，他對曜日的好奇與關注已經超乎一個迷途的靈對一個陌生人的關心了。

「怎樣？」曜日被看得渾身發毛，但身為東區的土地神，不該露出這樣的表情，於是他倔傲地抬起下巴、挺起胸膛，粗聲粗氣地詢問對方有何貴幹。

「你不唱生日快樂歌嗎？」出人意料地，地縛靈比了下蛋糕，理所當然地提出要求。

「……我不會。」有沒有搞錯啊！在他的認知中，這不就是洋鬼子的東西嗎！壽辰只需要壽麵、壽桃即可，哪裡還需要其他不倫不類東西，這個靈未免也太得寸進尺了吧？

好歹他也是土地神，哪能由他予取予求！

「我的弟媳在海外留學過，每次她過生日，總是要求像西方人那樣的排場，邀請各界知名人士出席她舉辦的生日派對。」地縛靈眼巴巴地看著曜日，但這樣的神態出現在一個男人臉上，非但沒有加分效果，反而覺得很噁心。「每當生日快樂歌的旋律響起，我就希望有一日能有人為我獻唱這首歌，難道這樣的請求很過分嗎？」

「難道你不能自己唱嗎？」

「生日快樂歌通常不是自己唱的吧！」

地縛靈每說一個字，曜日的臉色就更沉一點，這樣他還能有喊不的權力？

「欸，奈奈，妳知道生日快樂歌怎麼唱嗎？」曜日只得轉而向一旁的代理人求救，卻發現對方根本沒在聽他說話，只好搖晃起少女的肩膀。

「什麼事情啦，你不知道我正在忙嗎？」不滿專注力被迫中斷，被打擾的奈奈回過頭，不高興地回應。

曜日不知道奈奈這是怎麼了，原本好好的心情說變就變，不過女人心海底針，所以曜日決定不與小女子計較，只把地縛靈的要求再說一遍，希望她能幫個忙。

「奈奈，妳會唱生日快樂歌嗎？」

奈奈用一種「你竟然為了這種小事來煩我」的神情看了曜日一眼，後者只是聳聳肩。

「我不會唱。」奈奈雖然隱約記得旋律，但要她這五音不全的嗓子獻唱，她辦不到。

「……我們當中沒有人會唱，現在怎麼辦？到哪生出一個會唱歌的人啊？」曜日頗為煩惱，掩面思索卻苦尋不到辦法。

只見奈奈從口袋掏出智慧型手機，在上面滑滑點點，螢幕的亮光隨著奈奈的動作忽明忽暗，最後終於在音樂庫裡找著她想要的。

地縛靈瞠大了眼，好奇眼前這個只有手掌大小的盒子能有什麼用途，在他那個年代，所有物品都是厚重的，從未出現如此輕巧的物品。

「生日歌要哪個版本？」奈奈隨口問著，「中英文，還是韓文？」拉下歌單，奈奈在眾多歌曲中找到了點擊率不算太高，但幾乎算是世界通用的名曲。

「英文！」地縛靈搶先答話。雖然聽不懂內容，但總覺得外國的月亮比較圓，可以滿足一下他的虛榮心。

曜日無言地翻了個白眼，不管怎麼樣都好，他只想趕快結束這一切。

歌曲選定，奈奈將手機擺放在地，熟悉的旋律立即從手機裡流瀉而出，英文歌詞也隨之播送，地縛靈直呼神奇，但仍不時偷偷覷向曜日。

曜日下意識地想轉開目光，但應對方的期望，他只能吶吶地蠕動嘴巴，不甘不願地開始跟著旋律哼唱。

本該是陰森可怖的火後殘景，此時竟洋溢著不搭調的歡樂氛圍。

奈奈沒打算瞎攪和，只是轉過身子，繼續投入全副心力，看清黑影的真面目。

黑影的面積依舊很小，伴隨著地縛靈如影隨形，但又不像其身上纏繞的濃烈黑氣，色澤略淺，因那些層層綑綁的笨重鎖鍊而無法直視。

遠遠看著，奈奈覺得那抹黑影越發熟悉、似曾相識。

唯一可以肯定的是，每過一段時間，它就會小幅度地跟著地縛靈移動，變換位置。

一首曲子終有停歇的時刻，生日歌唱完了，接著到了許願的時候，地縛靈招招手，要曜日坐得靠近一些。

「我坐這邊就可以了吧？」不知為何，曜日出現強烈的抗拒反應，一股莫名的排斥感湧上。

地縛靈也開口，「許願的時候，當然要大家圍在一起，許的願望才有效吧！」

「我沒記錯的話，你已經死了，不管什麼願望，都不可能實現了。」曜日不客氣地提醒他。

即使被人潑了冷水，地縛靈也毫不氣餒。

「正因如此，」地縛靈垂淚訴言，「今夜可能就是我在這世上的最後一宿，只剩這麼點小小的心願，神仙都像你這麼小氣嗎？」

「小、小什麼？」曜日懷疑自己耳裡聽見的。

「小氣。」地縛靈還偏偏補上最後一槍。

曜日氣結，在他的認知裡，是個男人就別老是哭哭啼啼，一有委屈就哭鼻子，這像什麼話啊？而且為什麼他有一種被人牽著鼻子走的感受，要不是靈等等就要與他們道別了，他必會一腳踹在他臉上，管他什麼心願，他會成為他此生最後一個夢魘！

他本想叫上奈奈，但一想到少女方才的臉色不甚好看，只能摸摸自己的鼻子，起身坐到地縛靈伸手可及的距離。

「這樣子總行了吧！」曜日沒好氣地回道。

「耶！」地縛靈歡呼了一聲，一抹笑意在他的嘴角綻放，「神仙大人果然都是好人！」

——你剛才可不是這樣說的啊！

「許願吧。」曜日貴為東區土地神，決定大人不跟小靈計較，出聲催促。

曜日不知道許願的流程，只好靜坐在一旁，不敢打擾，等著地縛靈完成最後一個步驟，畫下完美的句號。

「那我就開始了！」地縛靈的語調愉悅上揚。

首先，地縛靈呼出一口氣，吹熄蛋糕上的蠟燭，火光忽滅，房間裡的光源瞬時消滅，視線周圍黯淡了不少。

接著，只見地縛靈雙掌合十，以平靜的嗓音說出他的第一個願望，「我希望世界和平。」

——這種願望何需一個靈來操煩！這不就是他們這些神仙存在的意義嗎？陽間由警察來守護，警察管不到的地方就由他們出馬！

「結束了嗎？」曜日換上一臉期盼的神情，希望早日把這個靈帶走，就可以早點收工回家，他出來太久，有些想念他的小廟，什麼事都比不上當他的逍遙神仙快活愜意。

「還沒呢，還有兩個，第三個願望要藏在心底才行，不然就不會實現了。」地縛靈給出否定的答案。

曜日的臉隨即垮了下來，心想倒底是哪個凡人，吃飽沒事想出這麼一套根本是在整人的規矩！

「那，我可以繼續了嗎？」地縛靈仍然雙手合十，禮貌地請示身旁的神仙少年。

曜日揚手，做個請便的手勢。

得到允諾後，地縛靈清清嗓子，鄭重宣布自己的第二個願望，「希望下輩子能投個好人家，身體再也不會是我的負擔。」

這次，終於有點像樣的願望了。

曜日不敢保證他的願望在未來能不能實現，不過，既然他無害人之心，上天本著好生之德，自然會給予他一個好的歸處。

「只剩下最後一個了。」曜日忍不住催促道。

第三個願望依照傳統是要藏在心底的，否則就不靈驗了。地縛靈像個虔誠的信徒，閉上眼、合起雙掌，謹慎地反覆默念了好幾遍，這最後的心願總算底定，了卻了生前最為掛念的一樁事。

之後，靈張眼，冰冷不含一絲生機的瞳眸移向曜日，帶著鎖鍊的手萬分艱辛地垂下。

金屬撞擊聲尚未停歇，曜日就急著開口，「既然願望都許完了，那你也不該繼續逗留於此處，放下今生種種，回去你本該待著地方吧。」

彷若充耳未聞，待曜日察覺的時候，靈不知何時欺近上前，一隻手狀似親暱地搭在土地神的肩上，呼口涼氣輕聲說道，「別急，」地縛靈慢條斯理地回覆，「我們還剩最後一件事沒做呢。」

「什麼？」曜日下意識想退後，與靈保持安全距離，可身子卻是一沉，似有龐然大物壓在上頭，怎樣都抽不開身。

另一邊的奈奈也終於有了驚人發現。

原本只是一抹搖曳不定的模糊黑塊，隨著蠟燭的熄滅，黑影逐漸與黑氣交融，混雜在一起，但仍能看出差異，代表它們不是出自於同一個源頭，既然如此，那會是什麼呢？奈奈還沒理出頭緒，恍神間，無意中瞄到牆上自己的影子，奈奈這才恍然大悟。

起初在幽暗的房間裡沒察覺到異狀，直到他們將蛋糕上的蠟燭點燃，火光頓時讓潛伏在黑暗中的一切無所遁形。

都怪奈奈警覺心太低，沒能在第一時間察覺並加以阻止，這顯然是個陷阱，他們都被地縛靈給騙了。

奈奈是凡人，任何存在這世上的形體都伴隨著影，而在這應當只有她一位普通人的空間內，影子也應該只有一抹才對，但牆上卻映照出了兩抹影子。

一個是奈奈的，而另一個……卻是那地縛靈的！

她不知道其中蘊含何種意義，但憑著直覺，她認為不會是什麼好事，心中不免警鈴大作。

才剛想適時回頭關注一下那兩人的動靜，眼前的一幕卻令她整個人嚇傻，這時她還在想著，要是早些時候發現，事情就不會演變至此了。

但千金難買早知道。

「曜日，小心！」

說時遲那時快，地縛靈遮掩於面的長髮飛散開來，露出隱藏其後的血盆大口，亮出令人心驚膽跳的森冷白牙，狠狠咬住曜日的肩部，黑氣趁隙鑽入利齒製造出的傷處。

曜日還沒搞清楚狀況，呆愣了會，才吃痛地倒抽口涼氣，劇烈的疼痛襲捲而來，逼得他顧不上男性尊嚴，放聲大叫。

「啊！」

然而，疼痛隨著時間一點一滴地逐漸加劇，致命般的痛苦，讓曜日整個心口都揪在一起。

曜日的痛苦奈奈看在眼底，她迅速拾起手機衝上前，手背上的神紋感應到擁有者的焦慮，即時發動。

提步趕至，奈奈一腳將地縛靈狠狠踹至牆邊，還沒來得及細看曜日的傷勢，就見地縛靈狼狽一滾，又重振旗鼓朝他們再度襲來，但奈奈這次早有準備。

「走！」

口中念著咒言，手比畫出結構簡單卻極為有效的符，一道防護網落在他們與地縛靈中間，硬生生將兩方隔了開來。

「不是說要達成我的心願嗎，怎麼現在卻這樣對待我？你們一個個都是騙子，話說得那麼好聽，其實你們背地裡都在嘲笑我吧！回答我啊！」

睜著布滿血絲的眼，地縛靈顯然已經無法再聽信別人的一言一語，不顧雙手碰觸網上的術力發出的滋滋聲，堅持要破壞橫亙在他們中間的障礙物。

奈奈很想叫他別再那麼做了，嘴巴動了動卻始終沒出聲，倒也不是怕地縛靈真能破壞術網，而是不希望見到他如此執著，傷害自己。

「別這樣，快住手吧！」奈奈只勸了這麼一句。

這是奈奈上次纏著言夜許久，對方才終於勉為其難答應傳授她幾招凡人本不應習得的簡單法術，遇到危險時可緊急拿出來一用。奈奈很慶幸自己的先見之明，也萬萬料想不到，會是在這般危難的情況下派上用場。

趁著法術尚未失效，奈奈不知哪湧上來的力氣，扯過曜日的手臂，反身將曜日穩妥地置於自己略顯嬌弱的背上，奈奈盡量不弄痛已陷入昏迷的少年，接著腳跟一轉，火速離開這個不祥之地。

同一時間，被濃厚的陰氣困在宅院外圍的連笙與幾分鐘前火速趕來現場的雙笙及言夜終於會合了。三人才剛碰頭，話都不及講，忽聞宅子傳來一聲撕心裂肺的慘叫。

雙笙和連笙一驚，彼此心照不宣地對視一眼，有事發生了。

隨後，聚集在宅子周圍的黑氣像是受到了干擾，呈現出一種不穩定的波動，言夜才剛想現在正是突破重圍的好時機，就有人從宅院裡，踩著緩慢卻堅定的步伐，直直朝他們走了過來……

第四則

土地神的試驗，有初級、中級，還有不是人幹的等級！

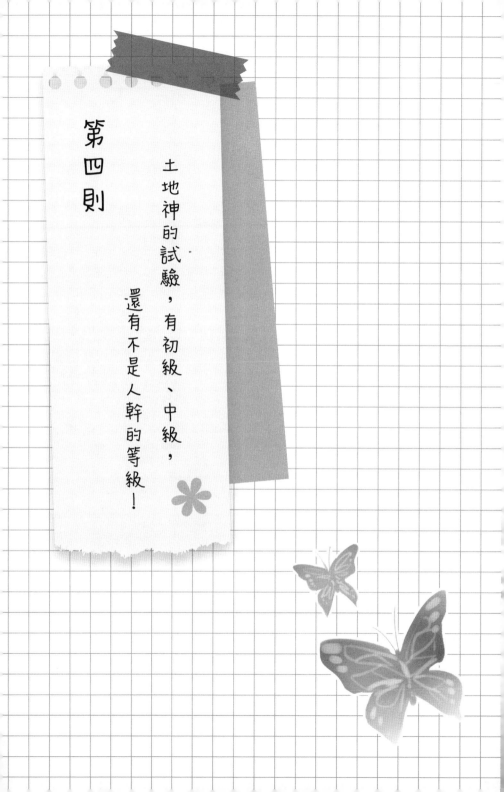

位於東區的土地廟難得大門深鎖，全年二十四小時無休的廟宇竟然歇業，莫非是受到一例一休法令的影響，這讓許多特地早起的婆婆媽媽撲了個空，附近的居民們議論紛紛，各種荒誕猜測一一出籠。

這是言夜的主意，如今曜日身負重傷，得暫時關閉好一段時間，當務之急是先讓少年好好養傷，雖然對特地前來的香客感到抱歉，但也別無他法。

一行人圍繞在床榻邊寸步不離，多雙眼睛眨也不眨地盯著躺在上頭虛弱的土地神，憂慮全寫在臉上。

「奈奈大人。」白狐拍拍女孩的肩安慰她。

但奈奈很堅強，非但沒在眾人面前掉淚，還揚起手表示與其費心安慰她，不如多關懷另一位吧。

化成動物形態的黑狐，四肢靈巧地輕落在曜日身上，前腳一撲，趴在上頭哭得呼天搶地。

「曜日大人，您快醒醒啊！醒來我們再一起去吃好料的，您說好不好！嗚哇！」

黑毛的狐狸哭得眼淚鼻涕齊發，像是止不住的水龍頭，逼得白狐只能一個箭步上前，把過度情緒化的狐狸拎在手中，不讓牠繼續打擾病人。

「白狐，」黑狐抽抽搭搭、語帶哽咽，「你說，曜日大人會不會死？」

黑狐抬起毛茸茸的頭顱，淚眼汪汪地望向白狐。

以往總能篤定回覆答案，此次白狐卻無法回應同伴的期待，他很想說不會的，但其實他也很心慌，只能別開目光說道，「我不知道。」

黑狐一愣，隨即又嚎啕大哭起來，四肢胡亂揮舞。

「白狐，你騙人，你不是最厲害，什麼都知道的嗎！」

「我……」這近似指控的話語，頓時讓白狐愣愣，一時答不出話來。

一直以來，白狐與黑狐做為使神的職責便是盡力輔佐服侍的土地神，成為他強而有力的後盾。

黑狐是個貪吃的小狐狸，平時只管吃不管事，此重擔理所當然地落在白狐的肩上。

白狐也沒有辜負大家的期望，不只將廟裡大小事務整頓得井然有序，還認分地收拾土地神找藉口偷懶留下的爛攤子，小廟業績逐漸步上正軌，香火日益鼎盛，但其實白狐一直都不是最堅強的那個，從來不是。

只是他人加諸在他身上過多的期望，使得白狐只能活在別人預先為他設好的形象當中。

他又何嘗不想像黑狐一樣活得自在逍遙，快快樂樂當一隻可愛的小狐狸，但他不能，因為他們跟那人約定好了。

承諾就是承諾，誰都無法反悔。

轉瞬間，黑狐已經從號哭轉為低咽啜泣，兩隻眼睛紅通通的。牠掛在白狐的手中，掙扎的氣力隨著淚水一併流失。

「你這個笨蛋。」垂下目光，白狐喃喃地碎念一句，語氣中盡是心疼與無奈，不知道這話是指黑狐，抑或是罵自己。

接著，白狐一臉抱歉地向周圍其他人表示要先將吵鬧不休的黑狐安置在外頭，隨即轉身帶著黑狐步出房外，順手將門給帶上。

偌大的房間裡只剩三個人，一是躺在床榻上昏迷不醒的病人，再來就是奈奈及言夜了，雙笙和連笙則是受西區土地神之命留守在小廟附近，察看有什麼動靜。土地神的神氣一旦減弱，許多不潔之物都會因此伺機而動，果不其然，現在周圍就出現了平日裡不易察覺的魑魅魍魎。

這些倒也還好，只是些不成氣候的小鬼小怪，就喜歡捉弄人，四處裝神弄鬼，生怕沒人知道它們的存在，嚇唬人是它們眾多的惡趣味之一。有些不走運的凡人，被嚇了一回，隔日不是臥床不起，就是跑去廟裡收驚，以平撫受驚的心靈。

從某方面而言，有些廟裡的業績因此有向上攀升的趨勢，即便如此，神仙卻無法對此坐視不管，要是惹出什麼亂子，他們也會相當困擾的。

就像現在，一隻小鬼正鬼鬼祟祟地潛藏在樹叢間的暗影，晃動樹葉，等路人經過，被從中浮現的蒼白鬼臉給嚇得不輕，這種小把戲，雙笙早已見怪不怪，才剛要上前驅趕，連笙已經朝那走去。

只見，連笙粗魯地撥開樹叢，小鬼正躲在後頭沾沾自喜，渾然未覺大難臨頭，豈料一抬頭就對上了兩道凌厲的視線，自己泛青的臉色頓時嚇得又白了幾分。

「滾！」

輕輕吐出一個字，配上連笙那張連惡鬼都會退避三舍的怒容，那小鬼很快便逃之夭夭。

「都好了，雙笙，剛才那是最後一個了。」

迅速收回凶惡的表情，連笙恢復平日裡那張沒太多情緒的表情。

「老實說，你很喜歡這分工作吧？」雙笙幾乎都沒出什麼力，憑連笙一人便解決了。

「哪的事，我只是完成大人交代的事，無關喜不喜歡，你不也是一樣嗎，雙笙？」

「我看你倒是挺熱衷的啊……」意外發現同伴不為人知的一面，雙笙只能無奈苦笑。

「你剛剛說什麼？」

雙笙趕緊搖頭，「沒事，沒什麼啦，這邊結束我們趕快回去大人那邊吧。」

「嗯，好。」連笙也正有此意。

雙笙和連笙的清掃工暫時告一段落，同一時間，言夜俯身細細檢視少年的傷勢，在脖子連接肩部的地方有一大塊烏青，咬痕深陷，傷處清晰可見，言夜皺著眉從床畔退開，奈奈下意識跟了過去。

她不曉得對方即將告知她怎麼樣的噩耗，但直覺告訴她，與前幾次相比，這次肯定非同小可、非常棘手，奈奈只希望這回身為女人的第六感可以稍微失靈一下也沒關係。

「曜日這次傷得不輕，不只是表面上看的那樣，穢氣已深入體內。」言夜想盡量輕描淡寫，可惜事與願違，就連他也料不到會有今日這樣的意外。

該死的直覺，奈奈暗暗在心底咒罵了一聲。

「曜日不是神仙嗎？」話才出口，奈奈才驚覺自己的口吻有些急迫，「神仙會法術，應該懂很多治療的方法才對！」電視上不都是這麼演的嗎，神仙被塑造成一個有求必應、幾乎是萬能的形象，就連垂死的人都能立即救活，事情應該不會到了全無轉圜的地步才對。

「這也未必，神仙雖然會很多法術，但有些時候也是無能為力的，就算是神，也無法違逆上天。」言夜口中的神仙，顯然與奈奈先入為主的想像有極大的不同。

「所以，曜日還有救嗎？」緊了緊捏著的拳，奈奈比言夜想像中還要堅強，並沒有手足無措，而是目光堅定地望向面前的西區土地神，希望能聽到一個準確的答覆，「為什麼從剛才到現在都昏迷不醒，曜日醒過來需要花多少時間？」這種時刻，又不能打電話叫救護車，老實說她也不知該如何是好，說到底她只是一介凡人，只能依賴眼前的男人。

「很難說，傷口不會是什麼大問題，問題出在黑氣上頭。」言夜說著，目光遠眺，落在房間另一頭的東區土地神身上，「穢氣隨著傷痕深入，再這麼下去，恐怕會傷及元神，讓神力無法運作。」

「元神？」聽到陌生的名詞，奈奈的大腦選擇自動當機。

「就像人類的靈魂。」言夜輕笑，笑意稍縱即逝，「妳想，凡人一旦失去了靈魂，那人還能活嗎？」

「不……」

難怪，即使身處同一個空間，奈奈卻幾乎感覺不到神力的波動。白伶那次，曜日被捉到鏡中的世界，所以奈奈才會感應不到，無法建立起聯繫。而這回，不能說感知不到，但只剩虛弱的脈動，似會毫無預警地中止一般。

「這都是我的錯！如果我能早先察覺不對勁，事情就不會演變至此。」罪惡感湧上心頭，奈奈眨眨泛著水氣的眼眸，肩膀輕顫，她感到很不甘心。

「錯不在任何人身上，誰都沒有想到會是個陷阱，奈奈妳沒有錯，當時你們只是被那個狡猾的地縛靈欺騙。」言夜很是訝異奈奈會產生這樣的想法。

「我……」奈奈無力地垂下手臂，難過地閉嘴不再多言。

見奈奈不想說話，言夜也不勉強，轉變話題，談起他的發現。

「這個地縛靈身上的怨氣很重，害死一個人之後，殺意加重怨氣，使得他實體化了，所以他才敢如此明目張膽地接近曜日，否則區區一個地縛靈怎可傷得了土地神一分一毫。」

「殺人？」奈奈不敢置信地喃喃低語，「他傷了誰？他說過，他原諒他弟弟了，難不成，他不在這個世上了？」

這個想法像是致命的毒藥，在奈奈心中恣意蔓延，滲入骨髓，直到各個角落都塞滿了惡意，奈奈的牙齒格格輕顫，不自覺地沁出一身薄薄冷汗。

「弟弟？那個地縛靈都跟妳說了些什麼！」尚不及回答奈奈的問題，言夜才發覺，少女知道的細節或許比自己以為的還要多。

奈奈在言夜的眼神示意下，一五一十全盤托出，從他們進去大宅院的那一刻起，以及自己意外拾到那張舊相片，地縛靈說起這棟宅院昔日的輝煌時光，和他為何身在此地的原因，逐字逐句講了個大概，言夜專注聽著，神色中沒有半絲訝異，許多部分與他先前的猜測不謀而合。

「所以，」奈奈猶豫著，不知道該不該把心中所想說出，「他的弟弟，不會真的已經……」那個字她始終說不出口。

才在懊惱自己怎麼那麼沒用之際，言夜已經替她將話接了下去，「死了，地縛靈不是提到過，他曾經回去老宅一趟，應該就是那次慘遭毒手。」

奈奈滿臉驚駭，腦袋瞬間被各種淒慘的死法塞滿，臉漸漸垮了下來。

見到奈奈如此真實的反應，言夜不禁失笑，一邊做出解釋，「地縛靈那時當然不可能藉由自己的手加害於他，陰陽兩界的接觸是被禁止的，想必他是用了某種方法讓對方染上自己的穢氣，雖不會當即死亡，但多天過去，凡人的身軀日漸衰弱，在外界看來，就如同病死，卻找不出病灶。即使如此，地縛靈的所作所為已犯下多條罪業，跨越了不該跨越的界線，這也是他實體化的原因。」

「如果，」奈奈輕啟唇，嗓音略顯沙啞，聲線不自覺壓低，「一直放著不管，他會變成怎麼樣？」

「我想，如果不是墮入萬劫不復的地獄，必然會永生永世困在那棟宅院。」

言夜面無表情地說著，既不參雜私人情感也不曾有惻隱之心，這樣的他比平時看來威嚴了不少，讓人不敢質疑他話中的真實性。

二選一，無論是前者或是後者，都不是最好的結局，任誰都不想見到事態發展步入這樣無盡的終點。

奈奈的內心生不了恨，只有滿滿的自責及愧疚，認真說起來，地縛靈也不過是個可憐之人，所以奈奈不恨他，相反地，她兩個人都要救。

可是，該怎麼做呢？

「曜日的傷勢有什麼解決的辦法嗎？」奈奈覺得對方還有話沒說。首先，曜日的狀況才是最事關緊要的，一刻都不能再拖延，怕拖下去真的就什麼辦法都沒有了。

「是有一個辦法。必須找一個神力強大的神仙，用深厚的內力，不間斷地灌輸至曜日體內，驅走穢氣。不過，就我對曜日的認識，他的人際關係中並不存在這麼一位朋友。」

曜日的人際關係用不著言夜提醒，她自己心知肚明。

「或許，的確有那麼一位大人物存在，只不過……」言夜忽然說道。

「不過什麼？」奈奈趕緊追問。

「對方啊……算了，就當我沒提起吧。」言夜卻臨時改口。

什麼嘛，就會釣人胃口，奈奈撇撇嘴，卻也莫可奈何。

「難道，連言夜也沒有辦法嗎？」言夜平日雖跟曜日談不上朋友，但一旦緊要關頭卻意外可靠。

「妳也太看得起我了吧，」言夜搖搖頭，婉轉拒絕了奈奈的請求，「僅憑我一人之力，即便耗盡修為，想完全除去穢氣，根本是不可能的。」

奈奈也沒因此心灰意冷，事實上當言夜說這些話的時候，她完全將心思著墨在話裡的幾個要點。

「言夜，你知道什麼是積沙成塔、齊力斷金嗎？」奈奈難得地板起面孔。

「嗯？」言夜有些不明所以地望向殷切注視著自己的女孩。

「這兩個成語的大意就是，不管多微小的力量，當一個人不行的時候，借用團隊的力量就有可能達成遠大的目標。」不等言夜回答，奈奈開始認真專注地講解起來。

「所以……」言夜有些遲疑。

「如果拜託其他幾位土地神，三人合力，曜日就有救了吧！」奈奈情不自禁露出燦爛的笑臉。

「妳說的可能性也不是沒有，但……」言夜勉為其難地咬著字，要他與另外兩外同事合作，這或許比找一個法力強大的神還要更加困難。

一直以來，東西南北四區互不干涉，彼此獨立作業，偶有區域模糊的事件發生，都是在不依賴他人的情況下插手，從未有過協力這回事，喔，北區土地神是個例外，要不然也不會有今日這個麻煩。

北區土地神的資歷尚淺，比言夜及棠華少了幾十年，又比曜日任職的時間提早些時日，說到底，這次完全就是他捅出來的婁子！

「如果我去拜託他們，或許看在同事一場的分上，他們會答應幫忙也說不定！」

如此異想天開的想法，言夜只能暗自嘆息，就他所知，包括他在內的眾位土地神，都是善變的，雖講人情，有時又不通情理。言夜默默伸手從袖子裡抓出一張紙條遞了出去，奈奈不疑有他接過一看，頓時恍然。

「這個，不會是棠華還有北區土地神的地址吧！」驚喜地瞠大雙目，言夜總是設想周到。

奈奈沒去過那兩個地方，畢竟剛好處在相反方向，一天之內來回是不可能的，只能勤勞地多跑幾趟。

棠華平日雖定時在校園內出沒，但學校裡畢竟人多口雜，被人撞見的話沒準又會傳出什麼流言。至於北區的土地神，沒見過，只能祈禱對方不是什麼難搞的對象才好。

「這樣妳總不至於迷路，他們小廟的位置都算顯眼，不難找，不過我不能保證他們一定會答應妳的請求，雖然事關危及，但每個神仙都有自己的考量……妳有在聽我說話嗎？」

言夜像個老媽子似地仔細叮嚀奈奈，卻發現對方目光如炬地一個勁盯著他猛瞧。

「所以，你答應了吧。」直接了當的肯定句。

「我……」言夜張了嘴，才剛想辯解，奈奈隨即動身，急急扔下一句「就這麼說定囉！」話音尚未完全消散，人就宛如瞬間蒸發般消失了。

想必是動用神紋，神速千里，大幅減少不必要的精力與體力。

言夜沒想到，這小姑娘已經能純熟地操弄神術，以一個凡人而言，實屬難得。

或許，比起曜日，她更加擁有擔任土地神的非凡資質。

神速千里，意味著能夠快速到達指定的任何地點，當然前提是在千里之內。饒是神仙的法術也有諸多限制，有時候還會遇上技術性困難或偶發的天災人禍，總之，光這點就讓神仙無所不能的印象大打折扣。

說真的，奈奈沒想過自己不過試試就上手了，雖然目前只侷限於一兩招，但日後多加練習，沒準以後有機會派上用場。

腳才站上北區土地廟面前的空地，奈奈就知大事不妙，連忙轉頭四處張望，看看有沒有人注意到她憑空出現，惹來不必要的關注，不知道是不是受神紋的影響，熙來攘往的人群只忙著盯著自己手中的高科技產品，無暇分心，甚至連抬頭瞄一眼都嫌多餘，奈奈從來沒有像現在這樣感謝這個跨世紀的偉大發明。

站在人行道上，北區的土地廟就位在市區最為繁榮的地段，因擠身於眾多商家之間，顯得特別格格不入。

即使如此，上門的信眾仍為數眾多，三不五時就有人帶著鮮花素果前來，業績應該不錯。

奈奈順手一拋，將幾十元香油錢投進去，聽到吭噹一聲，才合掌祈求，完事之後，便走到小廟周圍去轉轉。

奈奈沒有如願找到小徑或是神仙休憩的小房間，讓她忍不住懷疑起這間小廟根本就沒有土地神坐鎮時，忽然，在她面前出現一道鐵絲網構築的牆面，網上開了道小門，方便人出入。

明明剛才就沒見著這樣一處地方，奈奈意外地推開鐵門，矮身從小門鑽了進去。

接著，一間不起眼的平房驀然出現於眼前。

抬手敲響門板，奈奈懷著忐忑不安的心情不斷變換站姿，十幾分鐘過後，屋裡一片靜悄悄，奈奈開始感到有些胃疼，整個人顯得焦躁不安，拚命在門前踱步，想著屋主不會是故意假裝不在家吧。

又敲了幾次，但仍然無人前來應門，也許真的沒人在家，撲空的奈奈不知道該鬆口氣亦或發頓脾氣，因為曜日已經沒剩多少時間了。

「請問，妳有什麼事嗎？」

冷不防地，一道小女孩特有的童稚嗓音柔柔地響起。

奈奈連忙旋過身，映入眼簾的是兩個清秀可愛的小孩，一男一女，年紀比白狐黑狐稍長，外表約莫是小二、小三的年紀，此時兩對靈動的眼眸正好奇地瞅著她不放。

「我是來找這家主人的，他出去了嗎？」奈奈不確定地將視線往後瞄了一眼，又再度回到兩個小童身上。

「這裡是我們家喔！」頭上綁著兩個可愛的包包頭的女孩主動表明，「我們剛才去附近的超市採買今天晚餐要用的食材！」

「要一起吃嗎！」像附和一般，男孩抬手高舉裝滿各式蔬果的大提袋，向奈奈提出晚餐的邀約。

「謝謝你們的好意，但真的不用麻煩了。」奈奈輕言婉拒對方善意的邀請。

「不用跟我們客氣，冬暖會煮很好吃的菜，可以吧？」男孩頭一撇，徵詢女孩的意見。

「當然沒問題，」女孩爽快地一口答應，上前擠過奈奈身旁，掏出鑰匙，打開大門，然後側身空出位置等著奈奈，「進來吧，您要找的人正在裡面喔，奈奈大人。」

「妳怎麼……」

奈奈愣了幾秒，然後瞬間全部想通了，面前的男孩與女孩不是住在附近的鄰家小孩，他們與白狐黑狐一樣都是使神！

「要脫鞋嗎？」奈奈整個人顯得有些拘謹，一到玄關，便禮貌性地詢問。

「不用，請隨意喔！」男孩很快地答道。

才剛踏上木製地板，就看見一個男人抱著吉他躺在沙發上睡得不醒人事。

這讓奈奈為之氣結，原來從頭至尾都有人在家，害她在外苦苦等候老半天，站得腿都痠了。

男孩女孩進屋後，先是去廚房整理買來的食材，而男人仍悶頭睡著，一副天塌下來我也不管的態度，兩名小孩也都見怪不怪了。

不知是要佩服男子定心的功力或是火大他這種懶散的態度簡直教壞小孩，要不是有求於人，奈奈早就一腳踹翻這個睡死的男人，揪著他的耳朵提醒對方好歹有身為土地神的自知之名。

廚房不時傳來女孩與男孩嘰嘰喳喳的聲音，似乎正在小聲的談論著某種不能為外人所知的話題，接著兩人像達成了某種共識，男孩踏著輕快的步伐返回客廳。

「嗨，奈奈大人。」男孩親切地向奈奈打了聲招呼，奈奈下意識地回以一笑，然後看著男孩輕巧地縱身跳至男人的身上，後者渾然未覺。

起初仍嘗試性地搖晃男人，男人仍沒醒過來，但男孩並未因此氣餒，反而將頭轉向一旁的奈奈，以氣音無聲地說了兩個字。

奈奈還尚未搞清楚是什麼狀況，只見男孩從男人身上跳了下來，退至一旁，嘴角揚起一個惡作劇般的笑。

許久，奈奈才總算慢半拍地醒悟，原來男孩說的是「別看」兩字，但為時已晚，說時遲那時快，男人的褲頭冒出一縷輕煙，煙霧隨著攀升的火勢而逐漸加大，奈奈在旁看傻了眼，剛想著要不要上前幫忙撲滅火勢，只見男人似乎感受到身體莫名傳來強烈熱度，緊接而來的反射動作一氣呵成，讓她忍不住懷疑起男人是否有裝睡的嫌疑。

「好燙啊，咦？我的褲子怎麼著火了啦！」

迅速從沙發上彈跳起身，男人一臉吃驚地望向自己被火舌吞噬的褲子，急急忙忙將吉他往旁一放，衝進屋子裡尋找可以撲滅火勢的東西。

幾分鐘過去，水流嘩啦啦地響起，伴隨著男人放心的嘆息聲。

在男人再度回到客廳之前，男孩與奈奈的目光在空中相遇，前者只是聳了聳肩，一臉無辜，「反正不會死掉，所以沒什麼關係。」

——原來重點是這個嗎！

奈奈一時間無話可說，對他們這種微妙的關係感到無言。

「因為我們是神仙。」男孩再補一槍。

——等等，就說重點不是這個啦！

男人迅速扭緊好水龍頭，從浴室走出來，兩條腿早已被冷水沾濕，他自以為帥氣地彈起響指，褲子上的水氣瞬間蒸發，整條褲子瞬間回復成出事前的完美模樣。

「喂，是誰在我的——」男人回到客廳，首件要事便是抓出縱火的犯人，卻在看到奈奈的當下興奮地大喊，「奈奈，妳怎麼在這裡！」

奈奈也愣住，但本該是好久不見的重逢，卻緊接一句不敢置信的大喊，「變態！」

這時女孩終於放下手邊的工作，回到客廳，結果就聽見這兩個字當頭落下。

「變態？」她疑惑地看向男孩，後者擺擺手，表示他也不知道怎麼一回事。

奈奈不知道該哭還是該笑，男人正是之前碰上的變態，誰又能想到這個變態就是北區土地神玄音。

她真後悔沒第一時間認出他的身影，這樣就能在對方褲子失火之前火速逃離現場，不用在這樣尷尬的情況下與玄音相認。

「這不是真的吧……」奈奈深受打擊般地倒坐在沙發上，頭抵著扶手，一臉不可置信。

玄音也沒想到會在此見到少女，緣分果真奇妙，不過興奮沒多久，他忽然想起某件事，隨即變臉對著兩個小孩質問，「誰放的火，快從實招來，要不然就有你們好受的！」

面對赤裸裸的威脅，小孩彼此對視一眼，最後男孩舉手招認，「是我。」

「不過呢，是我出的主意。」女孩在一旁幫腔。

「所以說，你們都有分囉……」玄音咬著下唇，盡可能擺出凶狠的模樣，但氣勢硬是矮了一截。

「誰叫你都不起來，怠慢了奈奈大人可不是一個紳士的行為！」女孩眉一皺，像個小大人似地對玄音說起教來。

一時無法回話，玄音下意識想虛心受教，但意識到此刻可是有外人在，好歹是一家之主，他可不能讓威嚴掃地，只能硬著頭皮說道：「即便如此，難道就不能好好用說的嗎！這傳出去還能聽嗎！我不是這樣教妳的吧，人家可會說我沒把你們這兩個小鬼教好！」

「所以，」眉重重一挑，女孩的表情瞬間冷了下來，「您想如何呢？」

「懲罰！對，我要給你們一個嚴厲的懲罰，讓你們學到教訓！」在瞄到女孩表情變化的同時，玄音慌張了下，後又努力鎮定地將話續完。

奈奈一聽，懲罰不好可是會演變成家暴，在鬧上社會新聞之前，她想著是時候插手介入調解人家的家務事，卻不料聽得男孩歡快地說道。

「好啊，那是什麼懲罰，說來聽聽。」

——哪有人聽到懲罰就那麼開心的？小孩的天真無邪讓奈奈好氣又好笑，但轉念一想，萬一玄音所謂的懲罰對兩個孩子的成長過程中蒙上了一層陰影可就不好了，她可是拒絕體罰的！

完全沒想到兩個孩子的「成長」過程早就非常人所比擬，奈奈暗自在心中替他們抱不平。

兩個孩子無所畏懼的態度令奈奈不由得心生敬意，他們對玄音的懲罰表示洗耳恭聽，絲毫未有抗拒。

反倒是提議懲罰的人遲疑了片刻，玄音的本意是想在奈奈面前樹立好久不見的神威，並不是真的要處罰兩位小使神，不過話已出口，這戲不做足，若下不了臺會將場面搞得十分難看，玄音絕對不想見到這尷尬的局面。

支吾了一陣，玄音硬著頭皮開口，「我想想，你的懲罰是今天晚餐不能吃超過三碗；還有妳，只能兩碗，再多不行，有什麼意見嗎！」語盡，玄音怒目揚起眉，擺出我才是一家之主態度。

男孩女孩只好配合地演起戲，大眼眨呀眨地，接著像是反省似地雙雙跑到廚房面壁思過。

不一會兒，廚房傳出輕微的杯盤碰撞聲響，在面壁思過的空檔，他們也開始準備起今天的晚餐。

順帶一提，今晚吃的是熱騰騰的火鍋。

奈奈不由自主望向廚房的方向，視線在移回玄音的身上後，報以溫柔的一笑。最後一位沒見上面的土地神也揭開了廬山真面目。

四位土地神雖然個性迥異，不懂得好好相處，待人處事也不夠圓滑，但本性卻都善良，這一點無庸置疑。

「不好意思，讓妳見笑了，他們平常不會這麼不乖的。」玄音因為奈奈的一抹笑意，感覺到一股熱氣瞬間衝上臉頰，趕緊出聲解釋。

其實他們平常就這個樣子，無關乎乖不乖，總喜歡捉弄他，玄音的告誡他們也都沒放在心上，讓玄音只能高舉雙手投降，久而久之便也習慣成自然。

「沒這回事，看得出來你們的感情很要好。」奈奈真心這麼認為。

「咦？是這樣嗎，才不是這麼回事的呢，上次我看電視的時候，他們竟然把遙控器掉包，換成了一隻老鼠，害我被咬了一口！」玄音難為情地羞紅了臉，不肯承認他們之間的深厚羈絆。

「對了，我都還沒有問問他們的名字呢。」總不能用他或她來稱呼吧！

曜日的使神是白狐黑狐；言夜的則是美少年雙人組雙笙與連笙；而棠華的是俊朗青年樺流以及曇流。

想必玄音的使神，名字的最末一個字也是採用相同的字。

應該是這樣的……吧？

「冬暖夏涼。」玄音一派淡定地說出四個字。

「什麼？」奈奈住僵身子，懷疑自己的聽力一定是出了毛病，老是聽到什麼莫名其妙的字眼。

「我是冬暖。」

「夏涼是我！」

男孩女孩不知何時再度出現，手裡端著拿來招待客人的茶水及小點心。

「今天竟然有抹茶蛋糕！」玄音只能眼睜睜看著蛋糕從面前經過，停在奈奈眼前，散發出誘人的香氣。

「如果某人平時有好好賺錢，就算買十個也不成問題。」女孩甜甜一笑，笑意卻沒有到達眼底。

玄音不禁一悚，立即噤聲不語。

奈奈現在知道了他們的名字，女孩是冬暖，男孩則是夏涼。

「那個，你們的名字是出了什麼事嗎？」雖然這樣問很失禮，但奈奈忍不住好奇地發問。

「別問我們，是他取的！」兩隻食指齊齊指向身旁的始作俑者。

玄音連忙伸手把朝自己指來的小手打掉。

「我們以前的名字比這還要好聽一百倍！」夏涼嘟起嘴發出一聲輕微的抱怨，換來冬暖一記肘擊，示意他不要亂說話了。

「以前？」名字還有分以前跟現在？奈奈困惑地蹙起眉。

「我們在成為玄音大人的使神之前，是有自己的名字的。」冬暖出聲解釋，「照慣例，在大人為我們取新的名字之後，舊的名字連同以前的種種就算捨棄了。」

「原來還有這種事？」奈奈倒是第一次聽說。

「是的，每位使神在服侍新的主人後，都要由該主人取名才算是完成儀式，而使神也將會以全新的身分待在主人身邊，從今往後盡心盡力輔佐。」

「原來如此。」奈奈了然於心地點點頭，一臉受教的模樣。

不對，她還在這豁然開朗個什麼勁啊！現在這些都不是重點。

「其實我來這裡是有事相求。」繞了好大一圈，奈奈總算道明了她之所以出現在此的理由。

「請說。」三人皆不明所以地望向彼此，覷了覷眼，不約而同地表示。

天空藍得超乎想像，白雲在其間慵懶徜徉，肆意流轉。

這樣美好的景緻只要抬首便能一覽無遺，可惜山坡上的少女卻無暇駐足欣賞。此時此刻，奈奈嘴角揚起一個艱難的弧度，額上淌下滴滴汗珠，因為現在環繞於她的身周除了藍天白雲，還有一條長到不行的階梯。

萬分艱辛地抬首一望，不斷向上攀升彷彿永無止境的階梯簡直要人命，奈奈忍不住雙腿一軟，險些往前撲去。

今天是好久不見的週休二日，前一陣子老是學校、土地廟兩地奔波，手邊的課業都處理不完還得去管神，陰陽兩界的重擔一壓上來，她忙碌得都忘了有週休二日這回事，那個一遇上假日就宅在家中追劇吃零食滾床單的自己，彷彿已經是上一個世紀的她了。

當然，奈奈出現於此地的原因肯定不是為了鍛鍊心智這種正經八百的理由。

附帶一提，這裡是南區。

好不容易捱到階梯的盡頭，可以望見小廟的屋簷，真是皇天不負苦心人，奈奈深深覺得自己小腿肯定粗壯了不少。

「口渴啊……」今日匆忙出門的結果，就是錢雖帶了，身上卻沒有能及時解渴的瓶裝水，說到底，奈奈也想不到事情會變成這樣。

當初到底是誰提議要把南區土地廟建在可以俯瞰整個市區的山坡上，視野雖好，但爬上來也太辛苦。能提著供品前來拈香的信眾想必都擁有強健的心靈及傲人的體魄，可惜奈奈這兩項都沒有。

「喏，給妳，拿去。」有人好心的從旁遞了一碗清水過來。

「謝謝你！」這碗水來得正是時候，就像久旱逢甘霖，感動不言而喻，奈奈滿心歡喜地接過，三兩下就喝個精光。

「妳還需要些什麼嗎？」善心人士好意詢問。

「如果能給我一條毛巾就更好了！」奈奈厚顏地提出要求，當對方是有求必應。爬那麼久的山，肌膚上都是汗流過的黏膩感，如果放任不管讓其自由風乾可能會因此受到風寒，到時苦的又是自己。

最近不順遂的事情多了，她可不想再找罪受，若連她都因病倒下，那曜日又該怎麼辦？

誰讓他目前依靠的只有自己了。思及此，奈奈的眉間又多了幾條深溝。

一條全新的毛巾隨即遞上前來，柔軟的觸感加上沁鼻的香味，使人身心舒暢。

「還需要什麼嗎？」善心人士看來相當懂得什麼叫好人做到底，不吝於分享無私博愛的精神。

這時，奈奈再怎麼遲鈍也察覺到事情不對勁，而且對方的聲線聽來十分熟悉。

「曇流！」奈奈吃驚地低呼一聲，手中的毛巾及喝水用的碗不知何時換到了對方手裡，曇流像變戲法般，手腕一個翻轉，兩樣物品很快自他手裡消失無蹤。

奈奈看著這行雲流水的手勢，還是不禁想，曇流如果去街頭表演，定會被打賞不少小費。

「奈奈大人，好久不見啊。」曇流彎起眼，但眼底沒有絲毫笑意，奈奈不知道他有什麼意圖，明明前一陣子才在校慶園遊會上見過，雖然那次根本是個悲劇。

「一大早就來這裡健行，現在的年輕人是不是都沒什麼特別的娛樂啊。」

曇流這話說得夠酸，奈奈聽出其中的挖苦，決定充耳不聞。

「我是來找棠華的，今日是假日學校沒上課，所以棠華應該在這裡才對。」

曇流跟樺流的態度始終如一，不是目中無人，就是即便使用敬語，但語氣卻非高傲。

若說神仙也有自己的信仰的話，那兩位的信仰就只有棠華，再無他人。

「不……在喔，棠華大人在裡邊等著您，請隨我來吧！」曇流本想隨隨便便把奈奈打發走，但卻忽然頭一偏，似聽見誰在遠端說了些什麼，讓他改變了主意，被迫打消趕人的念頭。

隨著曇流的腳步，特意避開正門口拈香的信眾，奈奈來到了寧靜的別院，雖比不上言夜湖水碧波、滿園生機的庭院，但也錯落有致，分外風雅。

這時，迎面走來一個人影，憑藉對方臉上緊皺的眉頭，奈奈知道此人必定來者不善。

奈奈急急忙忙地想找個可以躲藏的地方，但她身處在空闊的庭園中，除了身旁一面牆外，什麼掩體都沒有，總不可能要她躲到曇流的懷裡吧，何況曇流還可能是同伙。

果不其然，曇流一臉幸災樂禍。

人影已然來到奈奈面前，樺流不分青紅皂白扣住她的肩，順勢將她推到牆邊，一伸臂就是一個壁咚，嚇得奈奈趕緊護住自己的清白之軀。

「樺流，你這是什麼意思？」艱難地嚥下口唾沫，奈奈竭力讓自己保持鎮靜，但一顆心仍然在胸口撞個不停。

「還問是什麼意思，我們已經知道妳此行的目的還有動機了！」樺流跟曇流不同，連客套寒暄都直接省略，開門見山地切入主題。

「我們是指？」奈奈畏縮地發問。

「也包含棠華大人喔！」曇流雙手環抱於胸前，涼涼地插上一句。

「呃……我其實沒有很懂你們在說什麼，方便解釋一下嗎？」奈奈小心翼翼地察看兩人的臉色。

緊接著，曇流和樺流彼此對視一眼，然後前者對後者點了下頭，後者才嘖了聲收回撐在壁上的手，對奈奈投出不滿及不甘的視線。

「如果我們可以替棠華大人分擔解憂就好了，都怪我太沒用了。」樺流突如其來的自白令奈奈措手不及，再配上樺流一臉心碎的模樣，目光垂下，眼神心事重重地閃爍著。

「別這麼說，」曇流一手搭在同伴的肩上給予安慰，「還記得嗎，自從那天起，我們就誓言守護在棠華大人的身旁，一晃眼就是幾十載過去，也夠本了，接下來只能盡人事聽天命了。」

「呃，我說啊……」奈奈被晾在一旁，始終等不到插話的好時機。

「曇流！」

「樺流！」

兩人同聲回應對方的呼喚，接著兩名青年彼此激動地相擁，為對方加油打氣。

這段超展開的禁忌兄弟情讓奈奈頓時無語，額上三條線，弱弱地舉手發問，「請問棠華在哪裡？」

兩條手臂齊齊指向位於庭院盡頭一間古色古香的矮平房，廊道蜿蜒曲折將各平房串連成一間間獨立的廂房，得到明確指路的奈奈囁嚅了聲「謝謝，請你們繼續，不用顧慮我」之後，拔腿一路狂奔。

幾乎是甩起手刀的姿態一路衝到房門前時，門竟自動向旁滑開，完全沒有任何防備的奈奈只能順著往前奔跑的動力滑了進去。

「痛痛痛死我了！」

瞬時眼冒金星，按著發疼紅腫的額頭，狼狽地爬起身。全身各處仍隱約有痛感，但奈奈不在乎，舉目環視周遭環境，房間裡陳設簡潔，很有棠華一貫的作風，呈現出一絲不苟的態度。不過，除此之外，奈奈發現房裡沒有人在的樣子，欣喜之情躍於臉上，也就是說方才那副糗樣並沒有目擊證人。

然而，她才竊喜沒多久，一道黑色頎長的身影默默從房裡豎立著的屏風後方緩步而出。

奈奈愣在了原地動彈不得，好吧，她實在不懂，為什麼每次都會讓自己陷入尷尬得無以復加的處境，現在唯一能救場的辦法即是——轉移話題。

跳過方才那一段，直接殺進主題，就能避免對方談起敏感話題，很好，就這麼做！

「棠華，原來你在房裡啊，怎麼不出聲呢，我還以為房間裡沒人呢，對了你今天不用到學校去啊，棠華是我看過最認真用心的國文老師，沒有之一喔。」

私底下，奈奈一律稱呼南區土地神為棠華，而非墨遙，那是只有在學校遇上時才會用的假名。

「我一直都在房裡，哪都沒去，只是妳沒注意到我的存在罷了。」

棠華只一句話、一個炯炯的眼神，就讓對方頓時腦袋當機，忘記方才要說什麼。不過棠華刻意的一句，莫非是在暗示奈奈的鳥樣他全都盡收眼底，看得分外清楚。

奈奈的臉不爭氣地紅了，兩頰漫上一片豔麗的紅霞，「是、是嗎，其實我今天是想要——」

沒讓少女成功轉移話題，棠華輕輕抬起一掌，袖拂在身後，雖然平時就散發出一種生人勿近的氣息，但今日更是氣場全開。

他直接打斷奈奈尚未出口的話，不知從哪憑空抓過一張紙，展示在少女的面前，「其實我已經知道妳來此的目的，不過比起那個，我更想知道的是，第二次段考，為什麼國文只考五十八分！」

「這是……」連連倒退好幾步，奈奈不可置信地瞪視著棠華手中的白紙，那不正是她的考卷嗎，滿江紅占了整張試卷的一半以上，「這是意外啊！」

是的，用意外一言以蔽之，近日曜日的事弄得她心力交瘁，每每回家倒頭就周公去了，根本沒有心思挑燈夜戰，埋首苦讀。

所以，功課退步好像也挺自然，不過這種情況在遇到曜日前壓根不會發生，於是這就被她歸類為不小心產生的意外。

為了避免家人擔憂女兒是不是進入了叛逆期，她還想著是否要將那些不及格的考卷一一銷毀。

棠華對奈奈的說辭不能苟同，「剛才那個用臉摩擦地板的動作尚可稱為意外，而我身為妳的國文老師，絕不容許自己的學生出這種意外！」

奈奈聞言倒抽一口涼氣，不知道該將重點放在哪處，棠華果然看見了嗎？不知道他心裡作何感想，果然很丟臉啊！不對，現在她必須——

「棠華，那個之後再說，我有重要的事想請你幫忙！」現在可是生死交關的危急時刻，奈奈顧不上面子問題，丟臉就丟臉吧。

「光是生字就錯了一半以上，古詩題也沒對幾個，我出的考題真有這麼難嗎？」

棠華不讓奈奈轉移話題，在夫子與土地神兩種身分之間轉換自如，無論是哪種他都扮演得相當稱職，只不過前者的樂趣逐漸掩蓋後者的乏味無聊，看著那些學生一天天成長，漸漸成了他生活的重心。

「……不難。」奈奈實話回答，是不難，在進入段考週前一個禮拜，棠華就跟班上的同學大致提了考題的範圍，有些甚至還是送分題，想考七八十分絕非難事，當然是在好好看書的前提之下。

「那妳為何還會考出這樣的分數呢，莫非是在藐視國文老師，也就是站在妳面前的我嗎！」一道凌厲的視線睨了過來，墨色的眸子透出讓人悚然的質問。

平時這種冷酷的眼神學校那些女生們見了肯定高喊好帥啊！可是現在奈奈只覺得殺傷力十足。

「怎麼可能呢，棠華你多心了！」奈奈試圖軟化這僵到不行的氣氛，雙手互搓，「我是多麼敬仰您，您可是偉大的南區土地神大人啊！」奈奈的臉上堆滿了憨厚的傻笑，希望能藉此磨過棠華那刺人的視線。

「是嗎？」棠華沒打算輕易放過奈奈，「既然妳說我是如此偉大，那我說什麼，妳應該會照做才是囉！」

「那當然！」一時沒察覺對方話中有詐，奈奈連連點頭應聲。

「既然如此，錯誤的地方罰寫一百、不，五百遍！」棠華扳起面孔下了嚴厲的指示。

「耶耶耶！不是吧！」奈奈反應不過來，當場石化。

「現在不是耶的時候。」眉頭蹙起，棠華轉過頭，四處尋找能罰抄的優良環境，恰巧從左下角有個靠牆的寫字桌，文房四寶也都備齊備妥，再適合不過了。

「就那裡吧！有什麼事，等妳罰寫完畢，一切好談。」

「喔……」反射性地就要回應聲好，奈奈猛力甩甩頭，試圖振作精神，「罰寫我之後一定會寫的！但是曜日的狀況非同小可，還請你幫這個忙！」奈奈再三拍胸脯承諾。

「曜日的事情我大致上知道了。」觸及奈奈疑惑的視線，棠華也不多做隱瞞。

「我從玄音那裡聽說的，妳之前已經去過北區一趟了吧，還差點將人家的倉庫燒起來了？」

棠華翩翩行到寫字桌前，朝著她勾了勾手，指著桌後的椅子，不容拒絕的意味濃厚。

「……」

想要出聲拒絕但身體卻自然而然地動作，待回過神，奈奈已經挺直背脊坐在桌後，雙手規矩地擺放於膝上。

等等，不是吧？來真的？

眼前除了錯誤百出的試卷，還有一張約莫三尺的宣紙橫放於桌面上，這不會是讓她以寫書法的模式來罰寫吧！

轉頭再看一旁的毛筆硯臺及磨好的墨汁，奈奈才終於有了要罰寫的覺悟，伴隨著絕望，她還想做最後的掙扎。

棠華卻恰巧在此時出聲，「生字的部分挑錯的寫，填充題可略過，至於其他像是選擇題、是非題，必須連題目一起抄寫！」

「耶？」尚未出口的抗議換成了飽含驚恐的錯愕聲。

奈奈整個人都不好了，簡直想直接從地球表面上蒸發消失！

一題五百遍，全卷有將近三十個錯誤，要是全部抄寫完畢，她的右手臂還能用嗎！會不會寫到一半就喪失知覺啊！光是想像，奈奈的臉色唰地慘白，反應出她此刻的心境。

就在奈奈的身影逐漸淡化快要與背景融為一體之際，棠華表示他的話還沒說完，要她少安勿躁。

「先前說過，曜日的狀況我大抵知道了，本想說愛莫能助……」話鋒一轉，棠華斂目，接續道：「但我改變主意了，如果妳能在夕陽西下之前，寫完這五百遍，我就答應妳，讓曜日欠我這個人情也無妨，如何？」

奈奈勉勉強強回神，大腦的運轉機制開始恢復正常。

「此話當真？」奈奈仍不免一問。

「絕無虛假。」這是出自棠華口中的承諾。

那好吧，那就只能……不，根本一點都不好啊！

五百遍罰寫，即使是寫字速度快的人，起碼也要三天不眠不休日以繼夜才能全部完成，要她在夕陽西下前達成絕無可能！

奈奈覺得棠華這是在刁難，相比之下，玄音的試驗根本是小兒科，棠華給她的難題，怕是再努力也無法完成。

現在是早上，但再過兩三小時，日頭即將爬到中央的位置，這個時節正好晝短夜長，也就是傍晚五六點夕可能西落了，所以她必須趕在這之前完成所有作業。

如期搞定了北區與南區的土地神，現下只剩西區的言夜了，奈奈心想，憑藉她與言夜熟稔的程度，相信對方應該不會刻意刁難她才是，好歹賣她一個面子，維護同事間的良好情誼。

然而，這只是奈奈的一廂情願。

是的，對方沒有像其他兩位那樣提出試驗或考題，而是明目張膽地刁難，表達出了他不會輕易就讓奈奈如願以償的想法。

「言夜，難道我們不是朋友嗎？」奈奈柔聲說道，試著動之以情。

「那是兩碼子事，而且既然妳都特地來這一趟，應該做好被我拒絕的心理準備了。」言夜不加思索地回應。

對方都如此不留昔日的情面，但奈奈的倔強偏偏在這時表露無遺。

「我要怎麼做，你才肯點頭答應？」奈奈不放棄眼前任何一個機會。

批卷閱冊的沙沙聲驀地止歇，言夜抬首，這是從奈奈進門後，首次正眼面視著她，奈奈被那半分笑意都沒有的清冷眼神注視下，不由得倒退了幾步。

「無論我說什麼，妳全都照辦嗎？」言夜輕聲詢問。

奈奈一愣，弱弱地應答，「大概吧……」心虛的眼神不斷游移，只聽言夜慢悠悠地開口，好聽的嗓音伴隨著繚繞的檀香迴盪在空氣中，引起陣陣漣漪。

「那就去打掃周圍環境吧，記住，梁柱間與屋簷下這種容易藏汙納垢的地方都不能放過。」

「耶？」

言夜只給了奈奈一記「還有什麼意見嗎」的眼神，就足以令後者不敢造次。

「那我去去就來！」

奈奈欣然接下此重責大任，保證自己會做得比專業的清潔公司還要好，挽起袖子綁好頭髮出征去了。

「奈奈大人其實用不著這樣的。」連笙頗為困擾地看著奈奈逕自搶走他手中的木帚，清掃起庭園裡滿地的落葉。

連笙的工作半路遭劫，只能無助地呆站在旁，忍不住懷念常握於手的粗糙質感及習慣的重量。

「你不也聽到言夜說的話了嗎，只要我盡早達成他的要求，他一定會幫忙的！所以連笙只要在旁看著就好了。」奈奈意外地堅持。

「可是我並不……」覺得。連笙遲疑了會，他覺得大人是蓄意刁難，而且無論奈奈大人是否達成要求，那位大人都不會拒絕，只是要他無償幫忙心中難免不甘。

感覺上，不過是為了找一個合理的藉口出手相助罷了。

自己平時的例行工作突然被搶走，連笙多少還是有些不知所措。

枯葉似乎落不盡也掃不完，風一拂過，枝枒擺動，隨即就又是幾片飄下，但奈奈絲毫不見氣餒，仍盡自己最大的努力，庭院的每一個角落都不願放過，落葉最後堆成一座略比她矮一些的小山。

「好，現在要如何處置這些呢？」對於清掃過後的豐碩成果，奈奈一時也拿不定主意，只能向連笙求救。

「落葉歸土或是集中堆肥吧。」連笙很有環保意識。

「你是從哪裡知道這些的？」奈奈詫異地睜圓了眼，能從一個仙人口中聽到環保意識，實在難得。

「從雜誌上讀到的。」

果然。

「不過這麼大量的落葉通通拿去做堆肥也嫌麻煩，不如一口氣全燒了吧？」

奈奈提出建議，完全與連笙的想法背道而馳。先不論這裡的花草樹木下都覆蓋了一層枯枝腐葉，根本沒有堆肥的必要，而且她也沒有時間搞這些來美化大自然，最好的方法就是燒了。

簡單明快的做法。

「我明白了。」雖然不能認同，但既然大人心意已決，連笙也只有執行的分。說著的同時，連笙伸出一指在指緣竄出一簇火苗，枯葉易燃，只要些許火星很快就會激發出不小的火勢。

奈奈見狀，趕緊出手阻止連笙，順道開口請他幫忙帶回幾樣指定的東西。火光從連笙的指尖驀然消失，收到指示的他噔噔噔地邁起大步跑往廚房。過了不久，連笙回來時手中多了幾條根莖類的農作物。

十幾分鐘後，落葉很快被貪婪的火舌燃燒殆盡，只剩些微餘火仍透著暖溫，奈奈上前直接從殘餘的落葉燼堆裡拿出一個長條狀的物體。

奈奈不間斷地將那物體左右手互拋，試圖降溫，等到不燙時，隨即將之一分為二，露出黃澄澄香氣四溢的切面，光嗅著就令人食指大動。

奈奈將一半遞給連笙，連笙雖雙手接下，卻不似奈奈那樣一口接一口地吃著甜香的果肉，像不確定現在是什麼狀況。

「請問，這是？」連笙略微遲疑看著仍蒸騰熱氣、燙手的金肉。

「烤番薯啊，很好吃的，沒吃過嗎？」理所當然地應道，奈奈手中的地瓜迅速消失。

「是有在書上看過，只是沒想到還有這樣的做法。」以燃燒落葉堆烤地瓜這招顛覆了以往料理就是要在爐子上的刻板印象，沒想到他們集中處理的枯葉竟然能悶烤番薯。

「漫畫上都是這樣做的啊，不過，我想還是別在市區燃燒東西會比較好啦，以免一個不小心火勢延燒到其他地方，所以等等吃完記得要清理乾淨。」怕連笙誤會，奈奈趕緊出聲解釋，藉機教育一下。

「原來如此。」連笙對奈奈越感佩服。

「吃吧、吃吧！不用客氣！」奈奈擺手催促著，想看看連笙的反應。烤地瓜如此平民的東西，應該讓連笙品嘗一回才是。

「嗯！」連笙小心地捧著，嘗試咬了一口，連笙儼然被這股香甜的美味驚豔到，甜美的餘韻殘留在口腔，學著奈奈一口接著一口，沒多久就吃得一乾二淨。

「還想要再來一條嗎？」見連笙仍一副意猶未盡的模樣，奈奈笑著詢問。

「要！麻煩了！」連笙不假思索地回答。

「你們在這裡幹嘛，我好像還聞到什麼味道？誰能跟我解釋一下？」

冷不防地，溫厚嗓音忽地響起，奈奈和連笙僵硬地打直背脊，熱絡的氣氛頓時凍結。

見沒人敢吭聲，那人又問：「不回答嗎？」

兩人默不作聲，像是被石化般呆杵在原地，言夜邁步走上前，彎身拾起一根枝枒，撥幾下殘灰，露出底下早已烤得香氣四溢的番薯。

「……要吃嗎，言夜。」好不容易找回聲帶的功能，奈奈試著緩和這緊張的氛圍。

「嘗一些是無所謂，」言夜淡淡地補充道：「不過天乾物燥，小心引發大火，我可不想像玄音一樣。」話雖說得不明不白，但奈奈當然知道這明擺是想藉機損她，更何況玄音家的倉庫只能算是意外，倉庫還好端端在原處呢！

「抱歉，給您添麻煩了。」無語了好半晌，自知理虧奈奈也不辯解，馬上認錯，不過是看到落葉堆，一時興起，嘴饞想烤個番薯吃，沒思及可能導致的後果，是她一時大意了。

「下次我們會注意的，大人。」連笙也很認真地反省，出聲允諾，但自己手中仍拿著吃剩的地瓜皮，半分說服力都沒有。

「好吃嗎？」言夜忽然抬首問向連笙。

愣了一瞬，但連笙隨即點點頭，給了肯定的答覆。

「是嗎？反正我也很好奇這個烤番薯的滋味究竟如何，不如再多烤一些吧！」

話語聲甫落，連笙雙眼登時亮了起來，主僕兩人將剩餘的地瓜一一拾起，打算等等再去廚房拿一批新的來烤。

在他們說話的空檔，風吹拂過，幾片搖搖欲墜的枯葉，落了一地。

這主僕相親相愛的畫面，看得奈奈的嘴角忍不住上揚起，而後才發覺自己正事尚未做完，趕緊向兩人告退。

匆匆告別庭院的清掃工作後，奈奈舉步前往下一個掃除的地點。

前院、主廳、別院，輪番清理，肉眼能觸及的地方，奈奈一一擦過，雖談不上光可鑑人的地步，但勉勉強強也算得上舒適乾淨。

不是她自誇，她做事向來細心，雖然言夜的土地廟比起曜日在東區的小廟，實在大得不像話，但真要清掃起來，有心還是辦得到的。不過奈奈累得背都挺不直了，這難道就是所謂的職業傷害？

不如勸言夜將廟的規模大幅縮減如何？減少人力成本以及不必要的開銷，這樣算起來，是相當划算的買賣。

這樣一來，往後他們自己打掃起來想必也能樂得輕鬆。不過這些都只是奈奈的妄想，言夜多半不會同意這荒謬的提議。

望著自己辛苦了五個小時的成果，證明這一切還是值得的，雖然還有多到數不清陰暗的角落，但只要把剩的完成，就能迎來事成之後的喜悅。

思及此，奈奈的鬥志燃燒得更加熾烈。

不知何時另一個少年的身影也加入了烤地瓜的雙人組合。

雙笙饒富興味地望著一轉眼就消失不見的嬌俏身影，笑意不減地看向言夜，說道：「無論如何，您都會幫奈奈大人這個忙的不是嗎？」語氣有一股篤定的意味。

言夜選擇靜默，不做任何表態。

「而且，廟裡的大小事務一直都是我與連笙打理的，」雙笙像是沒看到言夜僵硬的臉色，逕自說著，「昨日又正逢大掃除，想必髒汙很快就能清洗乾淨，您不是因此才刻意派給奈奈大人這項任務的嗎？」

即便被雙笙說中了心事，言夜依然將惱怒的表情隱藏得很好，「你說錯了，我從來沒這麼想過，不過是為了讓曜日欠我一個人情，如此而已。」言夜說得理直氣壯。

「真的是這樣子嗎？大人。」雙笙笑著開口，「就只為了讓東區土地神欠您一個人情？」

「……雙笙。」為了讓自己的使神懂得什麼時候要適可而止，切勿擅加揣測主人心意，言夜輕輕地喚了一聲。

「什麼事，言夜大人。」雙笙表示正聽著呢。

「你想不想吃烤番薯？還有很多喔。」先將人的肚子餵飽了，嘴巴才能閉得緊一些。

第五則

土地神之間要是不能彼此好好相處，
就算齊力，連根筷子也斷不了！

「南區土地神，經過一年前四區共同會議後，久日未見，近來可好？」言夜難得拂起袖子，揚手一抓，捏死了一隻不知好歹的蚊子，完全違背上天有好生之德這個永恆不滅的道理。

現在東區的土地廟裡，瀰漫著一股火藥味。

「不差，你何不也問問身旁那一位呢？」棠華仍是一派沉著地應道，如鷹般銳利的目光往旁一瞟，幾隻黑蚊的屍首頓時從空中無力落下。

「我嗎？」忽然被問及，玄音一臉受寵若驚，大剌剌地回覆，「我很好啊，話說不覺得這裡蚊蟲好多嗎？果然是鄉下啊。」幾個響亮的劈啪聲，玄音手上不知何時多了一支電蚊拍，不斷朝空中揮擊。

萬籟俱寂的深夜，雲霧跟月娘緊緊相偎，銀白皎潔的月光投射在樹冠上，柏油路面樹影斑駁，無風而動，空氣中瀰漫著詭譎的氛圍。

三位土地神們堂而皇之地出現在這鄉野間，也不怕過大的動靜引來什麼不淨的東西，一個勁地邁開步伐，目光凝視著盡頭處的廢棄大宅院，臉上讀不出任何情緒。

或者說，他們根本不知懼怕為何物。

喔，可能有一人例外。

「小棠，我能不能在外面等你們就好。」玄音背脊竄上一股寒意，「你想啊，萬一我拖累你們就不好了。」

站在北區某處偏僻荒廢的老宅前時，玄音自然而然地躲在棠華身後，拿隊友當擋箭牌，露出有些驚惶的眼睛。

「行不行，想必你已經知道答案了。」棠華維持著一貫的淡漠，玄音撇了下嘴，卻仍躲在棠華身後，不肯出來。

言夜往旁覷了一眼，挑眉質問，「是你找這傢伙來的？」

今夜不見使神們同行，他們此刻正代替主人的職務，留任看守。

「自己的爛攤子理應自己收拾。」棠華瞇起眼，話裡有種不容忽視的強硬。

言夜聽了點點頭，沒有任何意見，然後和棠華兩人不約而同地面向通往玄關的正門口。

緊接著，兩人又不約而同地向前跨出一步，但門框的寬度實在難以容納兩位土地神並肩同時進入，兩人卡在原地動彈不得。

「我先來的。」良久棠華默默吐出一句，臉上鎮定的表情看不出因承受不住來自外力的擠壓而徘徊在痛苦的邊緣。

「你可以先回去沒關係，反正這種小事，憑我一人便已足夠。」言夜也不肯示弱，話裡還參雜譏諷。

這兩位土地神都不怎麼喜歡輸的滋味，總愛針鋒相對的兩人，都在等待另一方主動棄權。

「既然都說小事，你不與人爭也無所謂吧，由我來代替你處理，現在回去的話興許還來得及上床睡覺。」棠華難得地咬緊牙關。

「這地方是我先到的，誰知道竟會在此碰見兩位土地神，不如兩位就早些回去休息吧！」言夜看似溫和有禮地勾起淺淺笑意，言下之意就是要另外兩位快滾回去吧！

兩人擺出不退讓的姿態，僵持不下，在旁目睹這一幕的玄音都看不下去，卻又不好出手干涉，正當玄音不知該如何是好時，他們幾乎是硬碰硬地同時擠過門框，成功進入屋內。

這場比賽打成平手。

但同時，西區和南區兩位土地神顧不得平日表現出的高貴有禮，皆以手刀的姿態往二樓衝去，獨留玄音在深沉的夜裡，半是困惑半是畏懼，只能追隨兩位同事的腳步，一路摀著臉跌跌撞撞地上了二樓。

「喂，你們等我一下啊！有在聽嗎，可惡，人都跑哪去了啊！同事之間要好好相處啊！」

踏上頂樓的平臺，玄音好不容易在盡頭的房間內找到了言夜和棠華，以及他此生最不想看見的東西。

「有、有鬼啊！」玄音嚇得雙腿一軟，砰咚一聲，一屁股跪坐在地。

「不然你以為呢？」棠華不以為然地碎念一句，覺得身旁嚇得渾不守舍的同事根本是少見多怪。

「你即為神，是仙界的一員，豈有害怕鬼的道理。」玄音這副德性，言夜都看不下去了。

「可是，就很可怕啊……」玄音小聲嘟囔一句，接過棠華朝他伸來的手掌，重新站穩身子。

玄音的腳再度穩穩踏在地面上，棠華立即拋下其他兩人，向前走去，好看清地縛靈的狀態。

三位土地神全都沒見過地縛靈的原貌，直到此刻才感覺到事態的嚴重。

鐵鍊摩擦的聲音響起，金屬碰撞聲不絕於耳，周圍纏繞的黑氣肆意舞動著。

地縛靈身上的鎖鍊又粗又重，但靈本身卻若恍然未覺，頭低低垂著，任憑這些懸掛於身的鍊條向他施以常人難以想像的巨大壓力。

靈的下半身已沒入地板之下，只剩上半身仍好端端地留在房間裡，但棠華他們知曉，再過不久，恐怕連上半身都要隨著鍊條深入地板下方。

而那下面，只怕是那萬劫不復的地獄深淵。

人一旦犯了過錯，就要接受相應的懲罰，以此贖罪，償還前世的罪過。而靈亦然，一旦做出致生人於死地的行為，就要下地獄接受審判，受盡一切苦痛。

「看來已經失去自我意識了，不能進行交涉，只能強行處置。」最後，棠華得出這樣的結論。

「說來他在生前也是可憐之人。」言夜憐憫地附和一句。

「那你們想怎麼做呢？」資歷不比兩位同事深的玄音，還是頭一次碰上這種狀況。

「消滅！」言夜和棠華難得說出一致的答案。

對於這答案，玄音不感意外。地縛靈怨念過深，已經傷及一條無辜性命，想投入輪迴轉世已無可能，只剩墜入地獄這個選項，但他又罪不及此，上天有好生之德，念及他生前沒幹什麼壞事，兩位土地神才會出此下策。

一來讓他免去地獄業火之苦，再來，唯有他消失，曜日身上的穢氣才得已清除。

不約而同地挽起袖，向前踏進一步，兩人彼此對視了一眼，不滿的嗓音幾乎同時響起。

「你這是幹什麼？」

沉默。

「這件事不是說好由我來處理嗎？何況我跟奈奈的交情更為熟稔吧。」言夜皮笑肉不笑地表示。

「我沒記錯的話，」棠華不以為然，淡漠地哼聲，「奈奈是先來拜託我，才去你那邊的。」

愣了會，言夜總算把「連這事你也要計較」的碎語給嚥回，仙界消息往來的速度堪比凡間的網路，只要有心，幾乎什麼事都能知道，當然連少女先往哪跑都掌握得一清二楚。

這時，玄音想到了什麼，中途插話進來，「真要說起來的話，奈奈是第一個去我那裡的吧。」

「那麼你來啊？」兩人的針鋒相對同時轉移到無辜的第三者身上。莫名被同事戰火延燒到的玄音狀似無奈地聳肩，接著語出驚人。

「如果這樣可以讓你們不再吵架，也不是不行啦。」

此話一出，氣氛瞬間又冷了幾度，言夜和棠華果然不再拌嘴，西區和南區土地神彼此對視一秒後，同時轉向玄音，像想澄清什麼般，異口同聲說道：「我們沒有在吵架。」

話才出口，兩個人皆是嫌惡地皺起眉頭，怒視對方。

「好了、好了，不要吵架，看在我的面子上，大家冷靜一下，如何。」玄音決定充當和事佬，調解紛爭。

「就說我們沒有在吵架了！」言夜不打算解釋，同事之間的相處不就是這樣嗎？這叫「良性」競爭。

「而且也不是看在你的面子上。」棠華冷冷地補充。

言夜忍不住點頭附和。

「就說你們默契很好，還不承認。」玄音不知道自己自己這番無心的話又讓兩人嫌隙增生，接著話鋒又轉到另一件事上，「你們真的不考慮加入我的樂團嗎？兩人一起也行喔！」

「不要！」

玄音打算重啟這話題之前，卻被兩人狠狠回絕了。

「算了，既然人都來了，就來看看我們三人齊心能發揮多大的作用。」言夜總算先退讓，與其在這裡爭個你死我活，不如先把手邊的正事先辦妥。

話甫落定，言夜立即上前，站定陣法的一角，棠華和玄音見狀也分別踏定另外兩個點，以地縛靈為中心，三神各據一方，將惡靈圍在陣法中央。

「聽來滿有趣的，我又開始有幹勁了！」這是他們三人幾十年來第一次同心齊力，玄音早就摩拳擦掌，備好架勢。

「怎麼，你不是怕鬼嗎？」棠華不忘調侃方才見到地縛靈還縮頭縮尾的北區土地神。

玄音欸了聲，「其實看久了也還好嘛，我只是害怕他們衝出來的一瞬間而已啊，鬼片不都是抓住觀眾既期待又怕受傷的心理嗎？小棠有沒有看過什麼鬼片？我可以推薦你幾部經典的喔，哈哈。」

「沒看過。」眼神一凜，棠華將目光從煩人的傢伙身上挪開，「不要再聊了，專心眼前吧。」

「了解！」玄音不再囉嗦，專心投入眼前的工作。

「好，現在開始吧！」

言夜的話甫落，三位土地神立即迅速地結印、出符。

做為土地的守護神，有時也會遇上憑一人之力無法處理的狀況，雖說其他幾位也不會真的坐視不管，但三神協力齊心的畫面仍屬難得一見。

天光濛濛微亮，靛紫的天色透出一束金澄的晨光，帶有許溫度的芒光重新回歸這片土地，為土地上的所有事物染上豔麗的色彩，拉開了一天的序幕。

奈奈趁著人少的清晨時分就到位於東區的小小土地廟報到。

「曜日還沒醒過來嗎？」奈奈小心翼翼探看床榻上少年的狀況。

塌上的少年緊閉雙眼，面容安詳，雙手自然垂放於身側，若不是臉頰微微泛白，這副模樣就如同睡著了一般，彷彿只要輕輕搖晃，那雙明亮傲然的眼眸便會重新展露於眾人眼前。

然而曜日這狀況已維持了數天之久，奈奈除了在旁乾著急外，什麼也做不了。

「嗯，這幾日就一直是這樣，但我能感應到，大人的元神一天比一天虛弱。」白狐深深嘆一口氣，隱約能察覺小孩的身形更為憔悴，令奈奈於心不忍，十分心疼。

她偶爾還是會天真地想道，如果時間能倒流，這間小廟會不會恢復以往的活力呢。

「黑狐呢？」奈奈四處找尋，就是遍尋不著那抹可愛傻氣老是喊著吃的小小身影。

「還是老樣子啊。」白狐頭疼不已地撫額。

奈奈立刻明白，拔腿跑去小房間外的神桌底下找狐去。手才掀開桌上覆蓋的紅布一角，底下偌大的空間正藏著一隻沒什麼生氣的黑色狐狸。

據白狐所言，黑狐在曜日出事後大鬧了一場，怎樣也聽不進旁人的勸說，脆弱的心思瀕臨崩潰。可是在那之後，卻完全不哭不鬧，連平日裡最愛偷吃供品的興致也一併消失，現在的黑狐就跟尋常的狐狸無異，像隻沒有任何情感的狐狸娃娃。

「黑狐，我帶了好吃的，你要出來了嗎？」

即便聽見了奈奈的聲音，黑狐僅僅只是抬起小小的頭顱，以空洞的眼神望一眼，而後繼續蜷縮成一團。

美食誘惑居然失靈了！黑狐這般失常的狀態，奈奈很是心疼，而且誰說曜日沒有救的，不要搞得他已經掛了好不好！

會好起來的，一定！奈奈雖然無法給出肯定的承諾，但心裡卻始終堅信著。

「再不出來，我可要全部吃光，一點都不留給你囉！」

語帶威脅，但依然沒有半點反應。

奈奈迫於無奈，伸長了臂手，連拉帶扯地將小狐狸硬是拖離安逸的藏身處。

突如其來的蠻橫舉動，黑狐總算被逼出點反應來，在奈奈懷中拚命掙扎，四肢揮舞，小小的嘴巴張開滿嘴尖銳的利牙，想狠狠一咬，但又不敢真的咬下，最後只好含住奈奈的手不放，表達自己的不願。

這時候，小廟外頭憑空出現三個的身影，分別是言夜、棠華以及不知為何一臉疲憊的玄音，他們都是答應了奈奈的請求，前來相助。

三個人同時出現令奈奈頗感意外，她原本以為三位土地神會分別到場。莫非是他們從一地方一起同行然後才到這裡的？這樣的話也能解釋為什麼玄音會一臉疲憊的樣子，肯定是之前幹了什麼然後直接到這來。

但看樣子他們並打算解開奈奈心頭的疑惑，後者只好識相地不提。

「這是怎麼一回事，為什麼三位大人都到這裡來了？」聽到外面的動靜跑出來一探究竟的白狐大感困惑。

「這個說來話長，以後再解釋吧，他們是來幫曜日療傷的，現在救人要緊。」奈奈抱著黑狐，走至白狐身旁出言解釋。

「真的嗎，可是那又為什麼——」白狐喜出望外，表情有些激動，眼下一掃，就看到黑狐大不敬的行為，趕緊上前怒斥，「怎麼可以咬奈奈大人呢，我回頭再來懲罰你！」

「其實黑狐沒有真的咬下去啦，你不要太苛責牠。」手背上通通都是黑狐的唾液，奈奈揮手將那些黏稠的透明液體給甩開。

「不過，」沉默了好半晌，棠華第一個打破這有些尷尬的氣氛，「這地方居然比我想像中還要大一點。」

說起來，他們三位除了言夜之外好像還是頭一次大駕光臨。

——你原先想像中的到底有多小啊？奈奈只敢在內心吐槽，但臉上的表情明顯僵化，誰叫她也是這裡的主人之一。

「我是第二次來這裡了，」玄音舉手發言，「那時我就在想了，原來世界上真的存在那麼小的地方。」

——咦？玄音其實來過這裡了？什麼時候的事？怎麼她一點都不知情，還有最後一句是什麼意思，討打啊！

「世界上很小的地方多得是好不好！」面對玄音，奈奈面有不善地吐槽回去。

「真是的，你們過於誇大了。」唯一能勉強保持客觀的言夜，表示不認同兩人方才的言論，「怎麼會小呢，寬度、空間的大小剛好可以放許多雜物，很實用呢。」

「……」對不起，是她想錯了！

奈奈都不知道此話是褒是貶，偏偏又句句屬實，聽來讓人更加不痛快啊，可惡！

奈奈索性不再比較了，她走到土地神們的面前，朝著他們比出隨我來的手勢，帶領三人鑽到裡頭的小房間去。

「請吧，曜日就在裡面。」

小小的房間一下子擠進這麼多人，眾人都覺得有些擁擠，連想轉身都嫌吃力，因此白狐、黑狐還有奈奈在事情辦妥前，都不許踏進房內一步，以免礙事。

門板在奈奈面前砰地關上，將三人阻隔在外，裡頭發生什麼都無從得知，奈奈想找機會往門縫偷窺，卻被白狐出言阻止。

「大人們這麼做或許有他們的道理，我們就耐心等候吧。」說著，白狐和黑狐已經在外頭的石椅上坐了下來。

「你們還真是沉得住氣啊。」要她在外面候著，卻什麼事也無法做，讓奈奈覺得焦慮不已。

「就算進去也幫不上忙吧。」與其在一旁乾著急，還不如放寬心，全權交由專業人士處理。

白狐的話鞭辟入裡，最後奈奈遙遙望向小房間的門板一眼，拖著腳步，不情願地走至石椅上落坐。

與此同時，三位土地神準備大展神通，齊心協力地運用內力修為替早已奄奄一息的少年療傷，然而過程卻阻礙重重，穢氣侵染了元神，要想徹底根除，勢必得耗費很大一股勁力。

約莫三十分鐘過去了，奈奈的屁股雖老實地黏在坐椅上，但雙腳卻不安分地踱地，撐在石桌上指尖也一刻不得閒地敲擊，石桌被一下一下地拍打著，都快晃出石灰來了。

最後，奈奈忍耐不住，心裡的焦急欲尋找發洩的出口，連同怒氣一併爆發。

「倒底好了沒有啊！為什麼會那麼慢，好歹有人說明一下情況啊！」奈奈怒吼出聲，只差沒把無辜的石桌一併翻了。

不同於奈奈的焦慮，兩狐冷靜得出其，兩狐達成共識，一致認為越是這種危急時刻越要以平常心相待，如果不靜下心來，只會添亂子，對誰都沒有好處。

驀地，白狐忽然想起一事，抬首詢問，「對了，奈奈大人，今日您不用上學嗎？」

「咦？」怒氣硬生生哽在喉間，奈奈愣了好一會兒，才後知後覺地開口詢問，

「現在幾點幾分了？」

不等白狐報時，奈奈動手從一旁的書包夾層裡抓出自己的手機，滑開螢幕，親自確認她即將曠課的悲慘事實。

手機螢幕上顯示的數字怎麼樣也無法自欺欺人，八點三十分。好樣的，即便現在全速衝到學校，大門早已關上，迎面而來的只會是一筆遲到以及放學後的勞動服務。

不過多虧白狐的神來一筆，奈奈的煩躁感頓時消去大半，不安也總算是沉澱下來。奈奈一臉尷尬地在兩狐疑惑的目光下，挺直背脊，坐穩在椅子上。

「我想，今天還是請假好了。」這學期沒請過假的奈奈，是無法達成零缺席的完美成績了。

嘴巴這樣說，但奈奈卻苦惱要用什麼藉口請假，班導才不會藉故找碴。

雖然以她平日在班上的優異表現，請一天假也不會有人不滿，但凡事就怕個萬一。

不知過了多少時辰，奈奈等得眼皮痠澀不止，正想闔眼歇息一會兒時，房間內卻意外傳出了驚天動地的慘叫聲，嚇得外頭三人心頭突突猛跳，我看你、你看我，誰都不知道是什麼狀況。奈奈一行人，彼此相覷後，決定進到小房間一探究竟。

小小的空間一下又擠滿了人，然而等在他們面前的只有一位生龍活虎的少年。

此刻在床榻上活蹦亂跳的曜日很難想像他前些時候仍一息尚存，而剛剛的慘叫也是出自他口中。

「說，你們為什麼會在這裡！又想對我做什麼！」顫抖著尾音，曜日一把拉過被子，包裹密實，身體瑟瑟發抖，一副採花賊不幸採到他這一朵高貴純潔的小花兒似地。

「這問題問得好，你認為呢？」言夜以挑釁的問句掩飾疲乏蒼白的面容。

「就是不知道才問的啊！」曜日不耐地翻了個白眼，反唇相譏，「話說，你們這麼多人擠在這是打算幹嘛？」如果要幹架，他奉陪！

「偏偏就……」言夜頓了一頓。

「怎樣？」話說到一半是怎樣，瞧不起他嗎！

「就不告訴你！」半晌言夜才將話續完，習慣了當競爭對手，他們之間要好好說話，可是比登天還要難啊！

「欸欸，到人家家裡還這種態度，這樣是對的嗎！」曜日氣呼呼地嘟囔一句。

「看來是沒事了嘛！也不枉費我們耗盡氣力救你！」玄音笑了笑，粗魯地拍了拍少年的後背。

「你幹嘛啊！超痛的！」曜日的身子剛復原，承受不住這幾下，痛得直哀哀叫。

「啊，對不起。」玄音雖立即收手道歉，卻完全感覺不到誠意。

「道謝就不必了，記得下一次準時出席四區共同會議，明白了嗎？」棠華涼涼的嗓音從旁響起，提醒對方記得出席下一次共同會議。

「……我又沒有說要去。」曜日向來不敢和棠華正面交鋒，眼神左右閃躲，低低碎念了一句。

「你剛剛有說什麼嗎？」棠華話裡隱隱透出股嚴峻，曜日趕緊晃了晃頭，不敢多做回應。

「好了，我們先出去再說吧！這裡人多空氣品質差，先讓傷者休息吧，畢竟人家可是大病初癒呢！」玄音半推半扯地拉著兩位土地神先到外頭去，同時對奈奈親暱地眨眨眼。

他明白，比起他們這些關係不太好的仙人，有人更加關心曜日的傷勢，看看時間，他們也準備告退，回去自己掌管的區域鎮守，土地廟不能一日無神。

玄音他們前腳才一離開房間，白狐和黑狐立即雙雙飛撲上前，涕淚縱橫地哭訴他們這幾日有多寂寞，永遠不要再離開大人身旁一步等諸如此類的話語。

曜日感受著兩股不怎麼輕盈的重量，微微勾起嘴角，三人都發自內心地笑了。

「很重耶，你們。」抱怨歸抱怨，曜日也沒有真的伸手將兩狐從自己身上扒下來。

看著這療癒的畫面，奈奈感覺心窩暖暖的，一抹笑意自然而然爬上嘴角，她靜靜地待在一旁，讓時間緩慢流逝。

曜日也好，白狐也罷，他們都是嘴上不輕易將愛說出口的人，可心底早就為對方預留了一個專屬的位子。

「曜日，你沒事就好，我們差點以為你這次……可能真的不行了呢。」奈奈以自以為幽默的口吻談笑，勉強克制沒讓早已在眼眶打轉的淚水滾落而出。

曜日抬首，睇了奈奈一眼，然後問：「為什麼他們會出現在這裡，難不成我受傷的事情他們都知道？」對此，曜日還是糾結不已，不想莫名欠對方人情，而且一次還來了三個。

「難道他們是特地來幫我的？不，不可能，他們沒道理這麼做，而且我們的交情也沒好到哪裡去，奈奈妳知道是怎麼一回事嗎？」實在想不明白，曜日又把問題拋回給少女。

「這樣不是挺好的，趁現在跟大家建立起友情，你就虛心接受人家的好意吧。」奈奈很佩服曜日這種打破砂鍋問到底的精神，如果這種精神能分一半給工作就好了啊。

「奈奈！」曜日卻不贊同她的說法，揚起眉催促著。

「好啦，我說就是了。」苦苦的重嘆了一口氣，奈奈只能妥協。

奈奈一五一十地全盤托出，三位土地神是如何刁難她，讓她知難而退，但宮奈奈從來就不是容易退縮的人。

說完一個段落，奈奈用不著抬首就知道曜日果然給了她一個不太好看的臉色。

「誰讓妳去求他們了啊！」這樣不就表示……

「因為當時情況緊急，一心只想救你，我才顧不上那麼多！」

面對奈奈突如其來的告白，曜日如果再繼續追究下去，豈不是非常不明事理。只是如此一來，他不就欠他們一個天大的人情，要知道，自古以來人情債難償啊。

「好吧，那就……謝謝妳了。」曜日也沒糾結太久，心一寬，認真地向奈奈道謝。

奈奈擺了擺頭，希望曜日將這個謝字轉達給其他人知道，真正功臣並不是她，她擔不起這分謝意。

「道謝就免了，你不也說我是你的代理人嗎，我只是做分內之事罷了，而且你也幫過我的忙，我們算扯平了，況且你該謝的人不是我。」奈奈意有所指，笑得一臉燦爛。

「曜日大人，受了人家的恩惠，必以泉湧相報，做人就要知恩圖報！」白狐跳出來，與奈奈站在同一陣線上。

「反正我又不是人……」

就這個曜日歪理最多，說個謝謝有這麼困難嗎？又不是要你以身相許，奈奈忍不住扶額嘆氣。

黑狐抽搭著鼻子，也是極度不能認同，「嗚……大人，說句謝謝不難，黑狐就常常對著白狐說啊……」哭音夾雜在語句中。

「你們啊……」見三人都異常堅持，曜日一時語塞，索性轉過身，賭氣似地發愁。

眼見時機不容錯過，奈奈幾步上前將兩狐抓了過來，飛快地說道：「曜日，我們在外面等你，言夜他們還沒走，記得要好好謝謝人家啊！」在曜日尚不及應答之前，奈奈帶著兩隻狐狸，風也似地離開房間。

正如她所料，土地神們果然還沒離去，只是有些疲憊地倚靠在梁柱邊上，有一搭沒一搭地不知道在談些什麼。

言夜見少女步出房間，便主動迎了上去。

「時候不早了，我還得忙其他事，就先行告退了。」言夜所指的當然是廟裡的事務，奈奈聽了不禁湧上一股罪惡感，人家是百忙之中撥空出來，可她……

曜日這傢伙怎麼這麼久還不出來，人家都要走了，好歹也表示些什麼吧。

「等等啊，你們這麼快就要走了嗎？」奈奈想著該如何幫曜日拖延時間。

「還有事？」言夜轉頭詢問，不解的目光落在少女躊躇不定的臉上。

「那個，我在想是不是能——」

遲疑的聲音才開口，通往小房間的門再度被人開啟，眾人下意識地將目光朝那瞟去，就看到一人低垂著頭不自在地站在門口，細白的手指絞在一起，嘴巴張了張，嗓子就是發不出任何聲音。

「曜日，你怎麼了，是不是有話要說？」奈奈明知故問，嘴角浮起一抹鼓勵的笑容。

三位土地神被曜日突如其來的舉動弄得摸不著頭緒，你看我、我看你，雙方沉默了好半晌之後，才聽得一道細如蚊蚋的聲音，隨風飄送過來。

「謝、謝……」曜日整個人宛如被釘在原地，舌頭打結、全身僵硬，話說得支支吾吾。

——這樣的音量沒人會聽到你的道謝啊！

沉默持續在幾位土地神之間發酵，接著曜日深吸了一口氣，勉強穩住了心神。

「總之，這次的事謝謝你們，沒有你們的幫忙我大概無法度過此劫吧，雖然跟你們的關係算不上好，但來日若有難必定拔刀相助，算是回報你們的人情，反正，就這個樣子啦！」

曜日堅定的清澈嗓音迴盪在不大的土地廟裡，三位土地神一時都愣住了，不知要回些什麼才好。

好不容易將憋在心上的話，一口氣吐出，曜日明顯已用盡了全身的氣力，待激動的情緒稍微平復，羞赧迅速回到曜日身上，一股熱氣凶猛地往上直衝，他的臉色瞬間漲紅，像要燒起來了一般。

原本只是賭氣似地回話，但看到沒人回應，讓曜日忍不住氣呼呼地了扔下一句「算了，都當我沒說過」後，迅速躲回房中。

正當大家以為這尷尬的場面終於要結束的時候，裡面又傳來了動靜，小房間的門板悄悄滑開，伴隨著某人不甘願的聲音，輕飄飄地傳進在場所有人的耳中。

「下一次的四區共同會議，我會記得出席的，就這樣！」

然後是慌張的關門聲。

被門板隔絕在外的其餘人等，不知不覺露出一抹笑意，緊繃的情緒在一瞬間釋放開來。

其實，只要對曜日的性格有一定程度的了解，就會發覺他本性不壞，只是自尊心極高，嘴巴不輕易討饒。

稍微取笑了某人後，三位土地神紛紛以公務在身、不便在此多留為由先行告退，奈奈也不勉強，盡主人的義務將各位土地神送到門口。

這個時候，天空突然出現異變，一道奇怪的霞光籠罩下來，將土地廟周圍鍍上一層奇異的光彩，大少女仰起頭，手擱在眉梢，瞇起一雙漂亮的眼，目光落在遠方。

「好像是有什麼東西朝這邊過來了！」

奈奈的話成功引起三位土地神的注意，隨著女孩的視線，舉目眺望遠方。

隨著某樣東西靠近，那光芒越發耀眼奪目，直至移到了小廟上空，那絢爛的光芒簡直無法直接以肉眼目視。

半晌後，七彩光芒趨漸溫和，一個東西拍著翅膀，姿態優雅地朝奈奈飛去。

那是一隻鳥，一隻散發著七彩流光、毛色鮮豔的鳳凰。

奈奈目不轉睛地看著世上稀有罕見的鳳凰，緩緩朝著她靠了過來。

相較於奈奈的目瞪口呆，另外三位土地神顯得鎮定許多。鳳凰是玉帝專用的信使，平時不會無故下凡，除非身負緊急要事。

而所謂的緊急要事，通常不會是什麼好的消息。

鳳凰在奈奈的眼前優雅地揮動翅膀，雙眸像是有靈性般似水柔情，這時奈奈才發現牠正叼著一封信。

奈奈小心翼翼地取下，畢恭畢敬地道了聲謝，鳳凰心領神會，便循著來的路線返回，一眨眼就杳無蹤跡。

奈奈暗自覺得可惜，鳳凰乃是難得一見的珍禽，方才看得太出神，都忘了拍照留念。

「鳳凰是玉帝專屬的信使，除非天庭發生什麼變故，不然很難看到牠的影子。」

言夜的嗓音適時響起，聽對方這麼一說，一種不好的預感油然而生。

「先打開看看再說吧！」玄音見少女沒動作，捺不住好奇，出聲催促。

「喔，好……」

低低應了聲，奈奈覺得自己手顫抖得厲害，費了一番勁才將信紙打開。信上的內容很簡單，只有寥寥數行字，讀完後，奈奈下意識收緊手，信紙被揉得邊緣都皺在了一起。

「怎麼了嗎？」白狐看著少女臉上凝重的神情，想湊上前細看，可惜礙於身高，目光仍觸及不到信上內容。

「看樣子，真的大事不妙了啊。」奈奈喃喃低語，對身旁的其他人的詢問恍若未聞。

一個時辰後。

土地神們圍繞著石桌，各個愁容滿面，石桌的正中央擺著一張滿是皺褶的信紙。信上字跡渾厚富有勁力，一筆一畫勾勒流暢，書法字體工整書寫著簡短的內容：

> **有鑒於東區土地神平日的荒唐事蹟，惹來諸位神仙不滿，特發布此人事變動，即日起，革除土地神一職，永不錄用，即日生效，致此。**

「上面寫的諸位神仙是什麼意思?真有那麼多人反對嗎？」奈奈急切地詢問，試圖想出一線生機。

「關於這一點，我好像有點印象。」玄音接著語出驚人。

兩位同事不明所以地望向北區土地神，他們本都留守凡間的廟宇，久久才會被召回天上，無法時時掌握天上的動態，往往要隔一個半月才能知道誰誰誰調職、誰誰誰又閃到腰，不過這些充其量只是八卦，沒有影響的話，他們也不會太過深究。

「有一次，我因為公事回天庭一趟。」玄音憑藉著有些久遠的回憶敘述：「在還沒進大門之前，被人給攔了下來，莫名被帶往角落，對方還遞給我一支筆，讓我在上面簽名，好像在連署什麼，當時我也沒想太多，不疑有他就簽了下去，現在想來，好像是──」

頓了頓，玄音出現半分遲疑，他擔心自己等等要說的答案會被眾人暴打一頓。

「怎麼樣啊，快說！」奈奈是急性子，於是出聲催促。

「他們好像是在連署罷免曜日。」現場的氣氛因他的一句話陷入了更加低迷的氣氛，玄音只好出聲解釋，「別這樣看我，當時我完全不知情，要是知道，我才不會做這種蠢事，相信我好不好！」

「所以，曜日真的被革職了嗎？」奈奈臉色鐵青，沒想到天庭竟然還有革職這等事。

「這我也不清楚，」手抵下巴，言夜擺出一副苦思貌，「記得十幾年前，就有人向玉皇大帝上書指責曜日是不稱職的土地神，不過當時被王母娘娘壓下來了，如果對方又捲土重來，這次恐怕連王母娘娘也不好出面干涉。」

「王母娘娘？為什麼她會幫助曜日？」聽到位階相當厲害的神仙出場，奈奈不禁瞠圓了目，一臉不可思議。

她先前認為曜日連鄰居的關係都可以搞得如此惡劣，天庭上的神仙肯定都沒有與他交好的，更遑論交情深厚，卻沒想到他居然跟王母娘娘是熟識關係。

「那是當然的吧，因為曜日是王母娘娘的乾兒子，不護著他要護誰啊。」言夜雲淡風輕地表示，其餘眾人一陣沉默。

奈奈根本無法消化這天大的消息。

「你在開玩笑吧，曜日都沒跟我提過。」奈奈實在很難相信這事實，她一直私心認為她與曜日之間不存在祕密，結果看來只是她一廂情願。不過看到白狐跟黑狐詫異的表情，她又稍微感到平衡一些。

看樣子兩狐也被蒙在鼓底，但話又說回來，為什麼言夜會知道？不可能是曜日說的吧，這種攀關係的事理應越少人知道越好……

棠華及玄音在聽聞言夜的話之後，卻沒有太大的反應，一副了然於心的樣子。

這古怪的反應不禁讓奈奈感到困惑，「難道你們早就知道了？」

向來關係惡劣的同事竟然都知道，也不像曜日親口告訴他們的，難不成——

「我知道，一定又是神仙的情報網對吧。」

「不是妳想的那樣，」然而言夜卻給出否定的答案，「曜日自以為藏得很好，但表現得太過明顯，讓人想不察覺都難。」

「沒錯，誰讓他把祕密都給寫在臉上了。」一向惜字如金的棠華難得出聲附和。

玄音也跟著開口，說道：「想不讓人發現也難吧，早在曜日接下土地神這個職位之前，就老是在「上面」闖大大小小的禍，但無論哪一次，都是由王母娘娘出面收拾殘局。妳想，如果不是有什麼特別的關係，有誰會寬宏大量處處包容一個一天到晚惹是生非的人。」

有玄音這番詳細的說明，奈奈大致明白事情的全貌，不過還有一事不明。

「可是，為什麼你們能猜到曜日是王母娘娘的乾兒子？」

「喔，關於這個，是我不小心我聽到王母娘娘與曜日的對話。」言夜輕鬆的態度像是在說偷聽純屬偶然。

暫且不論這個，現在的重點是如何拯救曜日的事業危機。

即便對方的確是個懶散又不負責任的土地神，但奈奈總歸是他的代理人，當然要用盡一切方法保住他的職位，可是她不知道該怎麼辦，只能向對面的三位土地神求解。

「無解。」三位土地神異口同聲地回答，一本正經，不像是開玩笑的樣子。

奈奈不願那麼乾脆地放棄，「危機不就是轉機嗎？我就不相信事情真的已經到了無法解決的地步。」

「對方這次來勢洶洶，誓言要把曜日給拉下馬，不是我們不想辦法，但有時也會有無能為力的時候。」玄音苦著一張臉嘆氣。

其他人也陷入沉默，好半晌都無人出聲，大伙拚了命地絞盡腦汁，為這事發愁。要是奈奈知道此時曜日在小房間已經悶著頭呼呼大睡，肯定會先上前暴打他一頓。

這個時候，言夜冷不防地抬首，唇輕啟，吐出一句話：

「我有辦法了。」

清新淡雅的檀香味縈繞在梁柱間，一支尚未點燃的香穩穩地插在白狐特地跑去神壇取來的香爐上。

「你該不會是想……」香爐一擺上石桌，棠華瞬間就明白對方的意圖。

「正是。」言夜也不避諱，證實了棠華的臆測。

「但奈奈畢竟是凡人，」棠華的表情不甚贊同，「這個辦法太冒險了，弄不好的話可能會導致嚴重的後果，你想清楚了嗎？」

「正因為知道嚴重性，」言夜語氣中沒有半分玩笑的意思，「所以，我們才必須爭取時間。」

「哈囉？」對兩人談論的內容一無所知，奈奈弱弱地舉手發問，「你們說的是什麼？跟我又有什麼關係？還有這支香又是……」她不確定地看著香爐上的香，不知為何，心情忽然萬分沉重。

言夜的目光移到女孩身上，深吸一口氣，娓娓道出始末，「革職書如果是通過眾仙連署，最後勢必得取得玉帝的許可，才能下達人事變動，若要想玉帝撤回成命，身為代理人的妳，上天庭替曜日求情的話，興許還有轉圜的餘地。」

「我？上天庭？」奈奈不敢置信地驚呼，慌張搖首，「別開玩笑了好不好，我只是個小小的代理土地神，本質上還是凡人，沒什麼通天本領，根本就沒有資格上去。」

言夜表情沒有多大的變化，只是點點頭問道：「妳退縮了嗎？」

「我……」奈奈一時間答不上話，支吾了好半晌。

「我還以為妳無論如何都想幫曜日保住職位，即便如此，也下不了決心嗎？」

言夜眸光沉靜無波，緊緊瞅住奈奈。

「我當然也想啦！」被這麼赤裸裸地反問，奈奈頓時無所適從，「可是我根本就沒辦法上去啊，說到底，我跟你們不同，就只是凡人而已。再過幾年，你們大概跟如今這般沒什麼不同，可我不一樣，我會升學，然後踏入職場，會經歷生老病死，因為我就只是凡人而已。」

對於奈奈突如其來動人肺腑的告白，玄音已經哭得一把鼻涕一把眼淚，棠華和言夜則是不約而同地朝少女投以複雜的眼神。

這問題他們不是沒想過，雖然沒有明文禁止，但一直以來，他們都盡量避免跟凡人有過多的接觸。幾十年前，也曾有像奈奈這樣的凡人出現，與神仙有著特別的機緣，但到最後這些人不過是有緣無分，又有誰能熬得過歲月的摧殘，無數的日落月升後，連最後一絲的傷感也都消失殆盡。他們知道這是身為凡人最終的宿命，軀殼回歸塵土，七魂六魄則尋求下一世的機會。

他們與凡人的羈絆本就不該如此深厚，正因如此，若是由身為凡人的奈奈出面，說之以理、動之以情的話，玉帝興許會基於種種考量，撤回成命或是以其他懲罰來代替革職也不一定。

但玉帝若因此勃然大怒，到時候私自送凡人上天的他們誰也別想免去刑罰。

不過，眼前的機會只有一個，端看少女最終的決定。

「在我們眼中，妳從來就不是一個普通的凡人，別把自己看輕了，每一個人都有能做到的事情，神仙也不是事事都能辦到的，總會有力不從心的時候。」

聽了言夜的話，奈奈只覺得未免太看得起自己了，她不過是一個什麼法術都不會的普通高中女生。

見奈奈默不作聲，言夜主動說明起這一炷香的用意，「這炷香從燃起的那一刻直至燃盡為止，正好是一個時辰，我們必須在一炷香的時間內來回，晚一分妳可能就再也回不來了，即便如此，妳仍願意一試嗎？」

問題的決定權最後被拋回女孩手中，言夜希望她能夠謹慎思考，不再像先前那樣莽撞。

奈奈遲疑了，畢竟這個決定對她來說，可不是像選擇午餐吃什麼那般簡單，而是足以左右她往後人生的重大決定，無法輕易地說出要或不要。

這個玩笑是不是有點太大了？曜日真的值得她以命相搏嗎？

但曜日不只是她的朋友，正因為與他邂逅，才讓她每一天都如此快樂充實，看到曜日難過，她的心也會緊緊揪在一起。奈奈簡直不敢想像沒有曜日相伴的日子，在不知不覺她已經對曜日產生某種程度上的依賴。

這才是她真正的心意，她不想讓自己因此悔恨一生。

「我想好了。」心意已決，遲色從奈奈眸中消退，取而代之的是鋼鐵般堅強的意志。

「無論成敗，我都要上去天庭一趟，結果我自己承擔！」

溫柔的目光落在女孩身上，代理土地神已經不再是那個需要依靠別人的少女了。半晌，言夜才出聲：「確定好的話，之後可不能反悔。」

「這我明白。」奈奈點點頭，又問，「那我們要如何上去？先聲明，我可不會飛天遁地喔！」奈奈只希望「上去」的辦法可以簡單一些。

「別擔心，不會太困難的。」言夜承諾。

——但有說跟沒說一樣啊！

這回棠華終於出聲，只見他清清喉嚨，一臉肅穆地說：「畢竟妳身為血肉之軀，待靈魂出竅以後，我們會負責帶妳上去。」

「什麼？」奈奈聽得迷迷糊糊，以不確定的口吻說道：「靈魂出竅的話，人不就死了嗎？」

奈奈現在感覺全身飄飄然，感受不到一絲重力，像是遊走在雲端上，一切恍如夢境。

不對，這並不是夢，周圍的視野突然變得遼闊，從上往下看的景致讓心胸也隨之徜徉。

奈奈此時正一步一步爬著「天梯」。

看似永無止境的天梯雖然漫長，奈奈卻絲毫不覺得疲憊，或許是靈魂脫離了肉體的緣故，以往那些感知也不存在了。

從這個角度依然能瞧見東區的土地廟所在，原本就小到不行廟宇現在只能勉強辨出大致的方位，無法察覺裡邊的狀況。即便如此，她仍可以想見廟裡的景象：石桌邊緣正趴著一名身著制服的少女，眼簾緊閉，呼吸平穩，嘴角略微上揚，不知情的人，只會認為對方是蹺課跑來這歇息，現在的天氣不悶不熱，正好適合讓人舒服地打起盹。

白狐和黑狐自願留守，他們須得小心謹慎，千萬不得讓香滅了。

檀香是關鍵之一，一來是方便計算時間長短，再來是憑藉著香的獨特氣味，可以讓他們回來時有個明確的方向，不至於在天上迷失。

三位土地神陪同奈奈一道前往天庭，特地換上正式的裝束，散發著七彩流光的薄紗質感輕逸，穿在他們身上，頗有幾分仙人的架式。

一行人爬了不知多久時間，天上的景緻沒什麼太大的變化，偶有迅速席捲而來的急流，這時他們會避開，等氣流穩定了再繼續趕路。

一旦脫離了天梯就很難找回原本的路徑，天上的道路錯綜複雜，聯繫各地廟宇，據說有神仙走著走著就迷失在茫茫雲海中，再現蹤跡卻已是幾十年後的事了。

他們一行人走走停停了好一會兒，路途終於趨漸和緩，周圍的氣流也不再具有危險性。往前望去，目光立刻被終點處的一扇大門給攫住，一旁還有兩個高大男人，一人執劍，另一人則持盾與矛，分別站在門的左右兩側，兩人正是大名鼎鼎的天兵天將。

言夜建議，天門的侍衛幾小時輪一次班，可趁換班空檔溜進去。

玄音卻拍胸鋪表示，他來負責即可，據本人稱，他跟天兵天將們的交情頗為深厚，還參加過幾次他們私底下的聚會，相信很快就能說服對方打開門讓他們通行。

「你們在這裡等著，我去去就回來，包在我身上好了！」

「等等。」棠華緩緩出聲叫住玄音。

「嗯？小棠怎麼了，你不會是在擔心我吧？」回過頭，玄音一臉驚喜。

「不，我只是想提醒你，如果失敗了，千萬不要提到我們的名字。」棠華已經預知到玄音會如何慘敗收場。

「……」

離天門還有一段距離，玄音這會兒撫著一顆受傷的幼小心靈，登登登地跑上前，準備運用他的社交手腕，施以人情的壓力。

玄音與兩位侍衛熟稔地打個招呼，從奈奈他們待的地方只能勉強瞧見北區土地神努力比手畫腳的身影，而兩位天兵天將只面無表情點點頭，看起來相當敷衍了事。奈奈、言夜及棠華三人不禁鼻頭一酸，眼眶微微濕潤地看著回來時腳步沉重的失落青年。

但玄音似乎卻對大伙的反應不解，不明所以地看著眾人，豎起拇指指向身後說道：「我已經談妥了，等等他們換班的時候，我們就趁機溜進去吧，他們會當沒看見的。」

「那真是太好了……咦？不對吧？」奈奈不自覺地驚叫出聲，這跟他們想的不一樣啊！

「咦什麼，有什麼問題嗎？」玄音疑惑地問道。

「不，該怎麼說才好呢……」奈奈支吾了半晌，見狀言夜順勢將話接了過來，「那你為什麼一臉沮喪的樣子？既然對方同意讓我們通行，表情不應該是那樣的。」

玄音很訝異他們竟然會關注他的私事，很快地向大家說明：「今天負責守衛天門的天兵天將是新面孔，姑且稱之為天兵E和天將F。」

——也太隨便了吧！等等，也就是說，你連對方的名字都不知道是嗎？那還敢跟人家稱兄道弟！

玄音繼續說，「原先這個時段負責站崗的天兵D還有天將E，被調去南天門看守，虧我才剛喜歡上天兵D那傢伙呢，真是可惜，我們終究是有緣無分。」玄音為天兵D的離去嘆息了一聲。

「那你之所以那麼難過，只是因為天兵D被調到別的地方去了？」奈奈的嘴角一陣抽搐。

「對啊，不然你們以為呢？」玄音一臉莫名奇妙地反問。

要不是現在情勢容不得她那麼做，奈奈還真想賞玄音一記肘擊，但也多虧了向來辦事不怎麼靠譜的玄音，事情才能順利進行，只能暫且放他一馬了。

接著，他們一行人依玄音所言多等了一段時間。

在天上時間流逝相當緩慢，正當奈奈以為他們會不會就這樣無止境地等待下去時，前面忽然有了動靜，天兵天將轉身離開了自己的工作崗位，天門由內被人打開，從中走出兩名相同侍衛打扮樣貌的男人。

四位天兵天將談論交接注意事項，身後的天門正是無人看管的時候，四人明白現在是難得的大好時機，便紛紛開始準備伺機而動。

待天兵E和天將F巧妙地與即將換班的兩位同事變換位置，迫使他們背對著天門，奈奈一行人便趁機從天門的一小道縫隙鑽身而入，臨走之際，玄音悄悄地向兩位天兵天將打聲招呼，對方什麼都沒說，只是默默注視著他們離開。

天門後的世界意外地溫暖明亮，宛如這個空間有專人調節適合居住的溫度與氣候。

任由三位土地神帶領奈奈前往眾仙們與玉帝議事的大殿堂，一路上，他們極為好運地沒有遇見其他神仙，其實不是出於好運，而是言夜知道有條小徑可幫他們避開不必要的視線，天庭上仙多口雜，若是不幸被撞見，勢必會衍伸不必要的風波。

再加上，私自帶凡人上來本屬重罪，即便僥倖逃過死劫，活罪也是在所難免，只希望事情不要以最壞的局面收場。言夜發出一聲幾不可聞的輕嘆，俊容覆上淡淡的憂愁。

小徑通往一處古典風格的中式庭院，聽棠華說，這座庭園不在任何一位神仙的名下，是公有並非私人領土，眾仙都可來此觀賞、遊玩。但是這樣一來就大大增加了他們碰到其他仙人的危機，幸而言夜已有先見之明，事先在奈奈身上施了層法術以防萬一，讓奈奈的存在就像小石子般毫不起眼，很容易就被忽略，除非專注留神，才能瞧見她的存在。

但人果然不能存有一絲僥倖，奈奈才想著說不定他們此行能毫無阻礙地抵達大殿，正繞過一處裝飾用的假山，這時迎面走來一位身材曼妙，走起路來婀娜多姿的女仙。這樣漂亮的大美人讓同為女性的奈奈忍不住看得出神，霎時間，奈奈愕然發現女仙的目光突然轉向她，而後不著痕跡地快速轉開。

才正想出聲警示三位土地神，下一刻，那位女仙竟筆直朝他們走來，這時三位土地神也注意到了事態有異，卻仍靜觀其變，切莫自亂陣腳，否則只會惹來旁人不必要的猜疑。

但見女仙蓮步輕移盈盈而來，並沒有與他們擦肩而過，而是驀地止住步伐，橫身擋在他們面前，嘴角淺淺一揚，若有似無地輕哼聲。

意思相當明顯了，人家分明就是衝著他們而來，雖然目前不知道意圖為何，但無事不登三寶殿，女仙挑在此時找上他們不可能只是問候一下那般簡單。

依禮言夜先向女仙作揖行禮，特意表現得謙恭儒雅，然而沒想到，腰桿都還沒打直，女仙倒像按捺不住般主動出聲，朱唇輕啟，音色宛如鶯聲燕語般動聽，但說出的話，卻讓在所有人不免一愣。

「諸位，王母娘娘有請。」

語聲甫落，眾人不禁面面相覷，半晌都不敢答應。

女仙身姿優雅地朝他們一福，便轉身在前頭領路。女仙是受了王母娘娘之命特來前此，顯然不是一個掌管地方的小小福德正神能得罪得起的，三位土地神不敢受此大禮，不由自主地倒退數步，才緩緩邁步跟隨在仙女身後，任由她帶領他們前往天母娘娘的殿所。

穿過重重繚繞的霧氣，撥開層層疊疊的珠紗簾子，他們儼然來到天上的另一處仙境。

女仙領著他們來此，足尖轉過，視線輪番在他們滿是訝異的臉上停留，然後運起丹田朗聲說道：「四位，這邊請。」並揚手朝不遠處的一座涼亭指去。

見狀，三位土地神依序拱手施禮，揚袖朝涼亭的方向步行而去。奈奈知道女仙從頭至尾都留心於她，甚至更進一步知曉了她的身分，就不知道是什麼原因沒當面戳穿她。

果不其然，女仙輕輕柔柔地開嗓，「我知道妳是誰，大概也能猜出妳出現於此的緣由，不過今日一見，沒想到竟會是如此年輕的姑娘呢。」

「我身上施了能使人轉移目標的法術，為什麼妳還能瞧見我？」難不成是法術早已失效，而自己還渾然不知？不可能啊，言夜說過，除非他自行將其解除，要不然能維持好幾個時辰的。

女仙只是輕輕用鼻子哼了聲，「這不過是雕蟲小技，騙騙一些道行不夠的小仙還可以，但有一定道行的上仙可就瞞不過了。你們該慶幸碰上的是我，其他上仙可沒我那麼好說話。」

「明明看起來也很難搞的樣子啊……」談話間，奈奈忍不住小聲嘟囔，方才的天庭驚魂記彷彿歷歷在目，想來還是令人捏了把冷汗。

聞言，女仙立即以凌厲的目光掃了過來，雙眼危險地瞇成一條細縫，「妳剛剛說了什麼啊？」

「不，什麼都沒說，真的，我說仙女姐姐妳美豔動人、絕色天香！」奈奈趕緊出言澄清，雙掌合十做祈求狀，希望仙女大人行行好，發發善心，大人有大量地原諒不善與神仙打交道的小女子。

只見女仙收斂了凌人的氣燄，嘴角帶著一股若有似無的笑意，看起來比剛才更加地美豔動人，奈奈一時看傻了眼，一顆心不受控制地在胸腔內狂跳，她趕緊掩住心口，試圖平復躁動不安的心緒。

「假如，你們是為了曜日前來，那麼我奉勸一句，死了這條心吧！」女仙的話沉甸甸地擺在眼前，奉勸他們趁早打消念頭，可別賠了夫人又折兵。

「這是什麼意思？」然而，奈奈並未打退堂鼓，反而追問女仙話裡的意思，「我不相信事情會到全無轉圜的可能，言夜他們一定也是這麼認為的。」她不辭辛勞千里迢迢地跑來這，還打破凡人不得私自上天庭的禁忌，不就是為了替曜日求得一線生機嗎？

「恐怕比妳所想的還要糟糕。」女仙也不隱瞞，老老實實地道出現況，「幾乎所有念得出名字的小仙都參予了連署一事，按現在這個情況看來，曜日被拔除職位是勢在必行，他們決定要在今日的會議上將此事拍板定案。」

「咦？我以為收到革職信的當下，這事就決定了不是嗎？」

「是這樣子沒錯，但每位神仙都有一次為自己平反的機會。」

「這樣說起來，曜日還是有希望的不是嗎！」

「但曜日這件事非同小可，雖然有平反的機會，但反對的人太多，很難說動玉皇大帝使其改變心意。」

「怎麼會……」奈奈頓時啞口無言，繞了半天，又撞進一條死胡同。

「唉，都怪我這個笨蛋弟弟，就喜歡胡亂生事，都多大年紀了還像個小孩一樣莽莽撞撞！」講到激動處，女仙氣急反跺一腳，彷彿可以預見做姐姐的還要每日為這個不成材的弟弟擔憂前景的悲慘未來。

「對不起，妳剛剛說什麼？」似乎跑出了什麼不得了的詞彙，奈奈認為一定是自己耳誤，強烈要求女仙再重複一遍，從來就沒聽過曜日還有個……

女仙挑了挑精緻好看的柳眉，不以為然地說道，「哎呀，難道我沒有提過嗎？曜日是我的弟弟。」

「……」奈奈內心所湧起驚濤駭浪，絕非用隻字片語就能形容。

涼亭位於湖心正中央，一條木棧道連接起岸上與涼亭往來互通，湛藍的湖水平滑如鏡、平靜無波，也未見有水生植物點綴其間，單調得出奇。

三位土地神很快就發現本該跟隨其後的少女遠遠地被留在後頭，但他們只是彼此互視一眼，覺得並無大礙，便繼續步行前往涼亭的所在處。

望月亭是王母娘娘平時最喜愛休憩的地點之一，這裡能避開天庭某些特定的人事物，又可尋求一絲寧靜，久而久之就成了王母娘娘專屬的私房景點。

再來，就是這湖有不同的極妙之處，出於某種玄妙的折射原理，平滑的湖水能反射出凡間的一切事物景緻，王母娘娘總是倚在欄杆邊緣排除寂寞之情，對凡間所見之物表現出高度的熱誠。

抵達涼亭之後，就見王母娘娘傾身靠坐在欄杆邊，視線下垂，纖纖玉指撫著下顎，不知道在觀察什麼，就連三位土地神的到來都未能察覺。

土地神們早就按過正常覲見的程序行過禮，卻遲遲未能獲得王母娘娘的回應，彼此面面相覷了好一會，才放大膽子趨近於前，但對方只是維持相同的姿勢，交疊起修長的腿，一瞬也不瞬地盯著湖面。

最後三位土地神難擋好奇心的驅使，紛紛看往湖水地方向，想知道究竟是什麼讓王母娘娘專注觀賞的稀世畫面。

然而，湖水呈現出來的影像帶來的強烈衝擊，卻是三人萬萬想不到的！

幾乎是反射動作，玄音此時也顧不上上司下屬的分別，冒犯地上前一把捂住王母娘娘的眼睛，而棠華也不遑多讓，主動牽起王母娘娘的手帶往石桌邊，至於言夜則留在原處，抬袖一拂，頓時將十八禁的香豔畫面抹得乾乾淨淨，讓光滑如鏡的湖水再度恢復往常的寧靜。

「呵呵，」王母娘娘發出宛如銀鈴般清脆悅耳的嬌笑聲，在桌旁的椅上落坐下來，「真是血氣方剛的年輕人。」語帶輕斥，略為不滿。

「血氣方剛的人是您吧！」玄音下意識地回嘴，直到脫口而出才愕然警醒，趕緊為自己的魯莽賠罪，「王母娘娘，我不是那個意思……」

王母娘娘沒打算跟小人物計較，「無妨，不過剛才那幅景象真是令我大開眼界呢，凡間果然與這裡有著諸多的不同！」

王母娘娘又續問：「你們三個待在凡間這麼長的一段時間，想必這東西看了不下數十遍了吧！」男人嘛，王母娘娘還是懂的。

聞聲，三位土地神的臉色各異，有朱有青有白，但無論哪一種，都稱不上好看。他們很想否認到底，卻又因對方貴為王母娘娘，即使有著一張宛如少女般靈氣動人的嬌嫩臉龐，但渾身散發的華貴氣質和特殊的身分卻讓人不敢領教。

沒聽到自己想要的答案，王母娘娘暗自覺得可惜，但看著他們慌張失措、六神無主的模樣，心中卻樂得很，不禁露出調皮的眼色，與往常端莊賢麗的一面相差甚遠。

意外看見了王母娘娘不為人知的面相，三人才稍稍了解為何王母娘娘與曜日之間有著密不可分的關係，就某層面而言，他們的確異常相似。

「嘻，我知道你們來此的目的，也知道是所為何事。」不留情面地取笑他們一把，王母娘娘爽快地直接切入主題，原先嘻笑的面色也收斂了些，打算談起正事來。

其實早該這麼做了，只不過當她看到這些與曜日資歷、年紀相仿的年輕土地神們仍是壞心眼地起了捉弄之心。

「王母娘娘，您誤會了，我們此次上庭只是參與朝會，與曜日半分關係都沒有……」言夜腦筋動得飛快，想著要如何切割與曜日間的關係而不起人疑竇，此事越少人知道對他們越有利，即便對方是與曜日有著緊密關係的王母，也難保讓對方知曉他們全盤計畫後，不會出現什麼紕漏。

不給言夜將話說完的機會，王母娘娘扯出一抹淡淡的弧度，梨渦宛如盛開的花朵在唇畔綻放，「別擔心，我是來助你們一臂之力的。」

聽聞此句，三人頓時面面相覷，最後還是由棠華出面婉拒娘娘的好意。「此事非同小可，關係著諸位神仙還有玉帝，若是把王母娘娘牽扯進來，實屬不妥。」

連署罷免一事事關體大，何況像革職這等大事，通常由玉帝親自核准，再將人事變動命令發給下面各單位，而玉帝跟王母娘娘是什麼樣的關係，天庭上的大神小仙豈會不知道，此次玉帝甘願冒著得罪王母的風險也要將命令發布下去，可見事情已經到了無可挽回的地步了。

若是王母娘娘明著與玉帝對立，勢必會掀起一場史無前例的風暴，哪一邊都是得罪不起的大人物，也非輕易奉承幾句就能討好的。

「玉皇那小子，見到我能說什麼？」能用不屑的態度稱呼玉帝為那小子的，從古至今就只有王母娘娘了。「當然一切都是我說了算！」

「可是下屬在凡間聽到的可不是這麼回事。」言夜輕蹙眉頭，有些事不知當不當講。

「但說無妨！」王母娘娘是個直腸子，不喜歡講話拐彎抹角，性子意外地直爽。

「都說，關於曜日的革職，即便是王母娘娘出面說情，恐怕玉帝也是不會輕易收回成命。」獲得了王母娘娘允諾，言夜也不打算對她老人家有諸多隱瞞。

王母娘娘聽了之後，也不急著駁斥，只是悠悠地嘆息一聲，「誰叫我這寶貝乾兒子就喜歡闖禍，這次運氣不佳讓人抓了小辮子，該讓為娘如何是好啊。」王母一手扶著粉頰正暗自神傷、煩惱不已，簡直就像平時把兒子寵上天，直到禍都闖了，才煩惱該何收拾爛攤子的兒控娘親一樣。

在某方面，王母和曜日都是同樣令人頭痛的人物。

「容下屬斗膽問一句，這回曜日所闖下的禍是？」聽起來不是長年累積所致，而是近期發生的？曜日實為天上地下皆少有的麻煩精，幾乎到了無仙不知無仙不曉的地步，但以往闖下的禍都能由王母出面粉飾太平，不過這回似乎有些蹊蹺。

「他們總說曜日不學無術，懶散度日，沒有拿出一個作為神仙的態度及本分，可是依我看，還是相當討人喜愛的啊。」

句句屬實，字字都說中了要害，但在王母娘娘溺愛的眼中，這些缺失根本無足輕重。

三位土地神頗有感地點頭附和，上述都只是一般人對東區土地神的初步認知，然而另外三區土地神卻有不同於一般的認識。當中就屬言夜理解得最透徹，足以看清一個人裡裡外外的本質。

把他與曜日的關係搬在檯面上，不過是關係不怎麼和諧的同事，但私底下，卻是關係進入冰河時期的萬年死對頭，偶碰上面，十句中就有十一句不是好話，多出來那一句肯定是不堪入耳的嘲諷。

但那些大大小小的缺失，都只是芝麻豆丁點的小事，言夜不認為這是促成曜日慘遭革職的主要因素。

事出必定有因。

果不其然，王母娘娘接下來的話，恰巧落在言夜擔憂的事上，「聽聞，曜兒擅自授予一個普通的凡人擁有足以與土地神平起平坐的權力，真是如此的話，豈不是逆天行事，曜兒實在糊塗，你們知道這件事嗎？還有，那個凡人你們也認識？」左一句曜兒、右一句曜兒，縱使這個曜兒沒事就喜歡莽撞行事，王母娘娘仍不改對其的溺愛，三位土地神聽了這話，紛紛面露心虛。

何止是認識，簡直熟得透徹，而且那位凡人也一起上天庭來替曜兒求情呢。事已至此，瞞是瞞不過的，若扯一個謊，就需要更多的謊來彌補，倒不如開誠布公，後續就用不著怕多生枝節。

心已定，言夜沉吟了會，老老實實地交代詳情，「下屬覺得代理人輔佐東區土地神是利大於弊的，包括我在內，其他兩位土地神也有相同的看法，我們在與代理土地神共同經歷過一些事後，覺得代理人是不可或缺的。」

「還望王母娘娘能諒及代理土地神在其任內的貢獻，不追究其責。」棠華也出聲向王母娘娘進言，「再者，對方充其量不過是一名凡人，天有好生之德，凡事都要先念及善的一面。」

兩位土地神都出面說情了，自然也不能少了玄音助陣，「王母娘娘，我要說的都被他們說走了，但正因為有東區代理人的存在，我們這四區才比平時相處得更融洽，你們說是吧？」

轉過頭，玄音急欲尋求同伴們的認同，一臉期待地瞅著他們。

彼此靜靜凝視了眼，他們雖遠遠算不上交心的程度，但見面的時間的確比以前足足多了幾倍，在尚未遇上奈奈之前，雖然有共同會議的存在，但也就僅限於此，要他們在會議之外的時間碰面，不只多餘也沒這個必要。

於是兩人勉為其難地點了下頭，算是給予答覆。

玄音見了，心下一喜，驕傲且得意地向王母娘娘證實他所言不虛。

「我倒想看看這個凡人小子到底有多大的能耐。」纖指勾著下巴，王母娘娘一臉若有所思，心中早已被他們勾起了莫大的好奇心。

——是姑娘，可不是什麼小子啊！娘娘您這誤會可大了啦！

說曹操曹操立即就出現了，等了好久的奈奈姍姍來遲，踏上通往涼亭的木棧道，身旁跟著引路的女仙。

順著他們幾人的視線看過去，王母娘娘瞬間美目微張，愣愣地注視著奈奈好長一段時間。正當言夜他們想盡辦法要拉走王母的注意力時，本人倒是收回了目光，「我總算是知道了曜兒選上她的原因了。」

三位土地神同時升起不祥的預感，不等土地神們回話，王母娘娘便繼續說道，「定是曜兒選上她作為未來的媳婦，一定是這樣沒錯！你們試想，凡人與神仙充滿禁忌的愛戀，真是令人把持不住啊，對吧。」王母娘娘發出一聲嬌嘆，然後逕自沉浸在妄想之中，興奮地雙目放光。

「您是不是誤會了什麼……」三位土地神有感而發地同聲道，很可惜娘娘壓根就沒專注聽他們說話。

趁著這段空檔，奈奈已然來到王母娘娘的座前，有些茫然地瞪視著眼前的絕世大美人，愣了半晌。曜日曾經說過王母娘娘是天庭上數一數二的美女，但奈奈才發現這只不過是含蓄保守的說法，王母娘娘絕麗的容顏已經不是用三言兩語就能形容，吹彈可破的白皙肌膚找不出一點瑕疵，宛如畫中出現的古典美人，有種傾倒眾生的美。

若不是女仙輕聲咳嗽提醒她，奈奈現在仍處在神遊的狀態。驚覺自己竟然在久仰大名的王母娘娘面前失態，奈奈腿一軟，重心伏低，雙手擱於額上，幾乎呈現了完美的跪姿。

「王母娘娘，久仰大名，曜日曾提起過您，今日一見，果真是名不虛傳！」巨大的壓力霎時排山倒海襲來，腦袋一感渾沌，奈奈便把內心的場面話通通說了出來。

王母娘娘仍是一臉平靜，絲毫不被奈奈奉上的「大禮」嚇得花容失色，只是伸過蔥指，輕輕在少女的面前點了一下。

須臾，奈奈覺得倍感輕鬆不少，身上的負重少了大半，緊張糾結的情緒也一掃而空，隨即身下像被一隻隱形的手托著，直至她的腰桿重新打直，腳步也穩穩地踩踏在地面上，那股異樣感才消失。

「攜帶凡人私自上庭，即便擁有神職，仍是觸犯重罪，其他神仙若是知情不報，一律視為共犯，輕則免去職位，重則打入凡間。」端正肅容，王母娘娘話中卻聽不出半分責備的意思，唇角隱約浮現的笑意徹底出賣了自己。

只見奈奈倒抽了一口涼氣，驚恐的目光不斷在三位土地神與王母娘娘之間來回游移，整個人像被嚴重的後果給嚇傻了。

王母娘娘見狀倒是樂得歡，掩嘴輕笑，「別擔心，我未說過要懲治你們一行人的罪吧？」

——嗯？這麼說好像也是……

「那您這是……？」如此，奈奈就更搞不清楚王母娘娘特意叫他們來此一談的用意何在。

為了保住東區土地神工作機會的一行人忍不住面面相覷，王母的話讓他們被蒙在迷霧裡似地，猜不到她的意圖。

「不如，就讓我也成為共犯吧。」王母娘娘說得極為自然順暢，理所當然的語氣彷彿只是在討論等等要去哪玩般，而不是在說一件違反天理的犯罪行為！

在場的所有人除了娘娘之外，幾乎都張大嘴巴，久久無法回神。王母娘娘的確是一位強而有力的靠山，正因為身分特殊，假若不幸蹚下這渾水，事情必然會變得複雜許多。

思及此，眾人不禁想問：這樣真的沒有問題嗎？

被晾在一旁的女仙終於忍不住爆發怒氣，「王母娘娘，請您不要鬧了！」敢像這樣當面指責王母的人，天庭上屈指可數，掰一掰手指頭都算得出來，女仙恰巧就是其中一個。

「鬧？人家可是無比認真的喔。」王母娘娘不甘示弱地嘟嘴輕聲抱怨，先前臉上的厲色早已蕩然無存。

王母娘娘擅自作主，硬是加入搶救曜日工作危機由三位土地神加上一名凡人臨時組成的隊伍，雖然奈奈敢肯定，王母娘娘有百分之八十的機率是來添亂子的，但有鑒於對方職位跟權力遠遠超過於他們，於是這件事就這麼勉強拍板定案了。

也沒人敢說個不字。

很快地時間即將來到天上每週一次的會議時間，不論掌管權力大小或職位高低的神仙們都會出席，其主要目的是藉著眾仙們齊聚一堂的機會匯報各地區的情況，然後系統性地調整解決各界問題。

所謂的會議顧名思議就是由各位神仙輪番報出奏摺上記錄關於一週內所發生的大小事項，無一不漏。但區區一週之內能發生的事畢竟有限，撇除天災人禍，若沒有太重要的，會議時間一下子就能縮短不少，在十分鐘內結束也不是沒發生過。

他們此行就是為了這會議而來，抱持著就賭這一把不怕死的心情，即便是硬著頭皮也要上，試試看方可得知結果。

「妳身上穿的是什麼，未免太過顯眼！」

在即將動身前往大殿之前，說好絕對不幫忙的女仙橫身擋在一行人的面前，雙臂環抱於胸前，一臉趾高氣昂。

奈奈垂目看了看自己身上的裝束，再望了望其他人的古風打扮，自己明顯格格不入，難以容入這個小團體。

「可是我就只有這一套衣服了……」奈奈忍不住向其他人拋出求救的眼神。

「我知道有一個地方可以供妳換套比較不引人注目的衣裳。不過，我還是得先提醒你們，若有人問起，記住，我跟這件事完全沒有任何關係，我只不過是看不下去了，才會出手相助，如此而已。」冷落冰霜的女仙一再強調與此事毫無瓜葛，其他人也都了然於心，面帶笑意地點了點頭，順著她的善心走。

女仙擰起兩條細緻秀眉，望著每個人笑得一臉噁心，最終仍是沒多說什麼，轉過身，帶領他們這一行人浩浩蕩蕩往某個地方而去。

照這個樣子看來，女仙在嘴巴上不輕易服軟這一點倒是與曜日極為相似，雖然兩人以姐弟互稱，實際上卻無血緣關係，只是在修仙的途中彼此扶持，共同克服難關，因為他們是同一類型的人，都是嘴上不說，卻會二話不說選擇出手相助，極為仗義的人。

真不愧為姐弟啊。

時辰的推進在仙界並不會有顯著的變化，不論何時何地抬首一瞧，所見都是明亮一片，周圍景物彷彿鍍上一層芒光，柔和的白光在其中流轉，宛如墜入夢境般地不可思議。

女仙拖曳著輕飄飄的絲質紗裙，踏著蓮步婀娜地領在前頭，很快地便停在某大宅院的後門，推門而入，直接穿過植滿奇花異卉的庭園。

王母娘娘走得慢，刻意稍微落後了幾步，與奈奈並肩走著，娘娘的意外之舉不禁讓她緊張得手足無措，額上沁滿一層薄汗，手腳僵硬得不知該往哪擺。

尊貴的王母娘娘腳步輕盈，臉不紅氣不喘，即使身上重重疊疊穿了好幾層絲帛，依然不改面色。

沿著口字形的長廊，這時轉角處迎面走來了一名作僕役打扮的男仙，對方一見到女仙就趕緊閃身到一旁靠牆立著，頭低垂著，就怕擋路，女仙快速引著他們走過僕人的身旁，似是沒注意到這麼一個人的存在。

女仙這熟門熟路的樣子，再加上僕役如此恭敬的模樣，這裡十之八九很可能是……

「很久沒來妳這了。」王母娘娘不經意的一句話證實了奈奈的猜測。

「小小府邸不足掛齒。」

語落，女仙閃身轉入一間房間，正準備抬腳跨過門檻時，突然回過頭把欲跟著進入的一票閒雜人等擋在房外，只允許奈奈隨她進入

「妳進來就好。」女仙毫不客氣地直接點名，「其餘人等就在外邊等候吧，你們應該不會也想跟著進來吧。」

三位還想跟著進來的土地神立即意會過來，臉上不自覺漫上了兩朵紅霞，退

了幾步，不敢再任意跨過那一道防線。

「連我也不能進去嗎？」王母娘娘沒像各位土地神們有諸多的顧忌，踩了幾步就想湊上前。

結果硬闖不成，被女仙眼明手快地伸手攔阻下來，「不行！」待王母娘娘尚未回過神之際，一扇雕有花兒圖形的對門硬生生在他們眼前闔上。

王母娘娘整個人處於錯愕的狀態，誰能想到自己代表權力的頭銜竟毫無用武之地。

「……」土地神們皆表示無言以對，並在王母娘娘重新容光換發並轉過頭來之前，與之保持相對的安全距離。

「沒關係，我們不用管她們倆了！去賞花吧！這裡有一大片植滿奇花異卉的花壇喔，一起來吧。」王母娘娘瞬間恢復成往常那個端莊又不失親切可人的儀態。

奈奈被迫單獨與女仙處在一個空間，心裡難免忐忑不安，渾身不自在，然而邀她進房來的女仙卻逕直鑽入房內深處。

等了幾分鐘，奈奈的腿也有些發疼，胃好像也翻攪了起來，但畢竟身在人家的地盤上，站也不能坐著也不是，正發愁呢，女仙就拎著兩大箱子的衣物自屏風後現身。

箱子咚的一聲落在桌面上，木製的簍子塞滿了五顏六色的衣裳，足足將兩大箱填充得滿滿的。

「來吧，不用客氣，從這裡挑一件換上。」女仙大方地朝奈奈朝了朝手，手臂上掛滿了她細心為奈奈挑選的各式服飾，像個小販似地一一解說不同之處，深怕奈奈無法抉擇。

奈奈好奇地湊近一瞧，立即就被一件有著精緻繡花輕紗般的衣裳給吸引過去。女仙盡責幫奈奈挑揀衣服，趁空抬首覷了幾眼，然後以略帶批判的口氣說道：「那是姑娘家的衣服。」

奈奈疑惑地蹙起眉，拿起衣服的手順勢直直地落下，開始審視起自己的外觀，她算是姑娘家吧？再怎麼樣沒有女性的儀態，以生物學的觀點來看，也勉強算得上是雌性生物，不是嗎？

「來，拿去吧，把這些都換上了。」

內心才震驚到一半，女仙就拿起她替奈奈挑選好的衣服，要她即刻換上，一分都不得延遲。

「喔，好。」唯唯諾諾地應聲，懷中抱著女仙一股腦塞給她的服飾，轉過身，似是想起什麼，又多問了一句，「你們這裡有更衣間嗎？」她可不想赤身裸體在別人面前上演火辣辣的換衣秀。

「在屏風後面換上吧，妳放心，我不會偷看的。」女仙口中催促著，不耐煩地揮手示意。

依照女仙的指示來到屏風後側，幸好屏風沒有鏤空雕花的繁複設計，要不然遮也是白遮，奈奈揚手展開一件褐色單衣看了許久，若是請女仙進來貼身指導著衣的方法，還不是要以光溜溜的身子見人，不，按照女仙蠻橫的性子看來，在她動手幫忙之前肯定會先把她奚落得體無完膚，這一點倒也是與曜日相像，果然是姐弟啊，奈奈欲哭無淚地悶想。

發出一聲感嘆的同時，奈奈已經決定自己動手了，偏過頭想了想，還是就著現有的衣物在外包裹一層，這樣穿脫起來也方便，反正這古袍是連身式的，穿起來寬鬆，即使裡面多加了層內裡，相信沒幾個人能夠看出。

奈奈一陣手忙腳亂地試著將所有配件全都就定位，片刻，總算是將該綁的綁好，腰帶也一併繫上。

只剩一件物品沒有穿到她身上。

望著右手多餘的謎樣物體，奈奈一雙靈動的大眼泛出一抹疑惑，這東西摸起來還挺扎人的……

女仙等得不耐煩了，少女進去屏風後頭有好一陣子，向來自詡是行動派的她，現在就想衝進去察看人是否出了麼事。

還沒等女仙動作，奈奈倒是自己從屏風後走出來。女仙愣愣地眨了眨眼，肆無忌憚地打量著奈奈多了一分陽剛氣息的臉龐，滿意地點點頭。

「挺像一回事的嘛！」

這句話聽起來像讚美，但在奈奈耳中，卻完全不是這麼回事。

「為什麼是男裝！」奈奈抗議似地抱怨，「而且，這是什麼鬼啊！」奈奈方才握在手中的謎樣物體，此刻正浮貼在她的人中上，不受控制地飄動。

「唯有如此，才能成功混進去，天庭上掌有實權的女仙屈指可數，所以扮成男仙才不會引起他人注意，放心吧，聽我的話準沒錯。」

女仙聳了聳肩，越過奈奈走向門口，探頭出去，結果外頭等候的人影一個都沒見著，女仙為之氣結，怒氣沖沖地跨過門檻，準備尋人去。

後來是在花園裡找到了王母娘娘一行人，誠如某位女仙姐姐所言，他們的確在開賞花派對，正悠閒愜意得不亦樂乎。

當奈奈忽然以這樣的裝扮出現於眾人面前時，大伙都嚇了一跳，但片刻後，很快速就接受了女仙的安排，關於這一點，神仙們的適應力也是異於常人啊……

奈奈不感驚訝，她現在對任何事件都以平常心看待，淡然處之。

不過女仙顯然不這麼認為，她氣惱娘娘沒好好地在外等候，萬一曝露了他們一行人的行蹤怎麼辦？

容不得王母娘娘在自己府邸裡胡搞瞎搞，女仙欲上前去跟王母娘娘理論，但礙於對方確實是比自己職位還要高，只得勉強壓下累積的怒氣，請王母娘娘一行人盡速離去，別因此耽誤了要事。

總算是送走了王母娘娘一行人，女仙很沒氣質地翻個白眼，並開始煩惱該如何收拾賞花派對留下來的杯盤狼藉，望著這令人頭疼的情景，女仙眉頭都不皺一下，果斷放棄，決定等等再差人收拾。

反正她的任務達成了，接下來就看看戲要如何上演，又要以怎樣的方式落幕。

就讓她當一回觀眾看著。

拖著一身明顯是男性尺寸的古袍，奈奈只覺得舉步維艱，逼得她不得不駝著背龜速前進，再加上飄逸的鬍鬚，以扮演一個八九十歲的老翁而言，這樣的姿態堪稱無懈可擊，不知情的人見了定都以為這是南極仙翁或太上老君。

深深為此感動的還有三位土地神們，沒想到女孩竟有如此犧牲小我完成大我的精神，不惜犧牲形象也要達成目的，在那柔弱的嬌軀之下，包含的堅韌的精神力是他們這些神仙所望塵莫及。

但奈奈其實沒那麼多複雜的心思，眼下她只想快結束此事，讓她的魂魄回去回復自由之身，否則現在這樣人不人、仙不仙的狀態憋著也難受。

早有先見的王母娘娘此時沒跟他們在一起，而是早了他們幾步先到殿堂之上，待正式會議開始時，王母娘娘自會衡量出手的時機。

隨著人潮一股腦湧進大殿，其他神仙都熟門熟路地找到自己專屬的座位坐下，而奈奈卻像剛入學找不到座位的小學生般，不巧又與土地神們走散了，一時手足無措，在她眼角餘光瞥到角落還有一張空位，便興高采烈地跑去坐下，期間無人讓她起身讓位後才算是放下心中的一塊大石。

幸虧大殿上的空位還占了半數，大伙是隨著平時的習慣就坐，話雖如此，但也不是無跡可尋，根據奈奈觀察得出的結論，座位似是與階級有關。

例如，官大的坐在前排，小一點的就靠後，以此類推。

才不過片刻，奈奈的身前身後就已經坐滿了仙人，各個看似正氣凜然、威風凜凜，看樣子她似乎在無意中坐到官位明顯大上不只一號的區域裡！

坐在她旁邊的男人相貌非凡，扳著一張俊容，額上還多出一隻眼睛，整個人散發出一種英姿颯爽的氣質，魅力值突破天際。

等等，天庭上有三隻眼的神仙應該不多見吧？腦袋裡好像真有那麼一號鼎鼎大名的大人物，他是……算了，不管了啦！反正現下也沒人逼著她讓位，如果此時起身，豈不是自露馬腳惹人起疑，最好的辦法是隨遇而安，坐哪就坐哪吧。

奈奈堅決以不變應萬變，假若好死不死讓她遇上突發狀況，就……到時候在看著辦吧。

會議照慣例是由玉皇大帝主持，依照言夜事前先跟奈奈的解釋，會議只是聽聽簡報而已，若沒什麼要緊事，很快就可以撤了，畢竟仙人都有要務在身，能擠出時間前來與會，實屬不易。

能夠早早結束也好讓眾仙們早一步回去工作崗位，這樣的會議，形式大於實質意義。

緊接著，玉皇大帝就在眾目睽睽下登場，腳步似乎有些虛浮，外披的黃袍明顯沒有穿戴整齊，連頭上戴的冠也斜傾向一邊，從外貌上來看大約才三十出頭，身後還跟著慢條斯理在側位入坐的王母娘娘。

見到王母娘娘意外現身，立即引起在場眾仙們的議論，彼此小聲地交頭接耳，因為王母娘娘鮮少來這種場合，除了對公事不甚感興趣，更因為王母向來不喜拋頭露面。

根據王母娘娘本人的說法，她今天來是為了旁聽。

會議在首席的兩位都坐定後便開始。

由前排的神仙率先報告，接下來依序往後推進，有些神仙甚至只用一兩句話就草草交代了事，看來有人比奈奈還要更加坐不住。

會議進行到途中，玉皇大帝面無表情地聽著，目光渙散地盯著全場，毫無威嚴可言，其他神仙也就自然地報告下去，基本上有權有勢的大神們都講過一輪了，就連她身旁三眼的神仙也不例外。

三眼神仙一出聲彷彿技壓全場，大殿上頓時鴉雀無聲，玉皇大帝更是豎起耳朵專注傾聽，由此可知三眼神仙的影響力在天庭上算得上數一數二。

三眼神報告了什麼奈奈沒聽懂，好像跟與水利、農耕一類有關，期間又聽他提起什麼斬妖除魔，所以這位神仙平時到底都做些什麼？聽起來什麼都歸他管的樣子。

總之，那是天庭上仙人的事，她一個掛名代理的冒牌神仙也不好探究，更何況奈奈此時的目光擔憂地看向不安分的頭冠順著髮一吋吋地滑下去。

身旁的三眼神依然沉聲發表結論，奈奈的眉頭卻驀地一皺，玉皇大帝的頭冠就這麼自她眼前生生墜地，坑噹的一聲。

奈奈一個忍俊不禁，不自主地發出噗哧一聲。

啊，糟糕！

趕緊伸手摀住嘴試圖恢復鎮定，同時轉頭四下察看，然而視線才轉移就對上了許多道責難的目光，其中包含著坐在她鄰近位置的三眼神，那道英氣逼人的目光看了過來，令她渾身一震，不禁為之膽寒，縮了縮脖子。

奈奈趕緊調正目光，朝向坐在首席的王母娘娘射出求救電波，豈料她老人家竟眼簾闔上，假寐瞌睡，不是說是強而有力的靠山嗎？結果在危急關頭給她裝睡！

「請問，您對我有什麼意見嗎？」三眼神略帶不滿地質問，深邃的眸底寫滿不可一世的傲然。

看樣子，奈奈被誤會方才的笑聲是衝著三眼神而來，她試著為自己澄清，洗脫沒來由的誤解，但也沒忘記不能露出馬腳，刻意裝出低沉沙啞的嗓音，「三眼神仙，您誤會了，我對您沒有什麼成見，您繼續說便是了。」話一出口，奈奈便深感後悔，因為自己似乎再度成為眾仙們議論的焦點。

「聽到了嗎，他竟然稱呼二郎真君為三眼神。」

「真的是，二郎真君平時最討厭別人拿他的天眼開玩笑。」竊竊議論聲此起彼落，奈奈不由得瞠大了目，渾身一僵，她是不是在自己沒意識到時犯下新的過錯啊……

而且他們剛剛說的那一個名字，莫非是……

二郎真君，就是那個鼎鼎有名，無人不知無人不曉連三歲小孩都一定知道的二郎真君嗎！

想到此處，奈奈忍不住朝二郎真君直直看了過去，眼神顯露出少女對偶像的傾慕與崇拜，當然，還有一絲絲歉意。

「在我看來，您對我的成見真不是一般的深。」二郎真君不接受奈奈的說詞，並將她飽含敬仰的目光解讀成了另一種意思。

「才沒有——」一瞬間真音不小心衝口而出，察覺自己說溜嘴，奈奈及時打住。

「而且我這個才不是第三隻眼，是天眼！」說著，二郎真君以手拂開垂在額上的髮，那隻眼竟然是畫上的，代表著天眼的象徵性圖騰，都怪奈奈看得不夠真切，才會誤將額上的眼當做是第三隻眼。「只有必要的時候，我才會開啟天眼，任何邪魅的幻術都逃不過我這隻慧眼！有誰生來就有三隻眼的？這樣一來，不只辦事的時候會增加難度，行動的時候也會相對困難吧！」

「是是是！」兩腿併攏，奈奈心虛受教，一個勁猛點頭，表達自己絕對沒有多餘的想法。

見到對方這般知錯的樣子，二郎真君的氣燄立即消去大半，不再咄咄逼人，而後又問道，「不過，不知您又是哪位？看起來面生得很，在這天庭之上，能與我並駕齊驅的神仙不多，既然您能坐在這位置上，想必是有一定的分量，但我怎麼從來沒有見過您？」

「耶？咳咳咳！」未想過二郎真君會有此一問，奈奈的眼皮猛然一跳，立即假裝咳嗽掩飾自己的尷尬及無話可說。

「慢著。」沒等奈奈開口解釋，二郎真君隨即以第三隻眼辨明事物的根源，在眼睛圖騰中央的那點硃砂快速移動對準了奈奈之後，接收到答案的二郎真君，先是露出困惑不解的神情，而後不合時宜地倒抽了一口氣，「沒想到竟然是凡人，還是個小姑娘！」

天庭上幾百年來出了這麼大一個八卦，底下一票眾仙們立即交頭接耳紛紛議論起來，談話聲此起彼落的響起。

玉皇大帝被這吵鬧聲給驚醒，渾身一震，狼狽扶好傾斜的頭冠，大袖一揮，掌拍在膝上，沉聲質問，「這到底是怎麼一回事啊！」

問話的對象自然就是奈奈。

一個沒有神通力的凡人是無法憑藉自身的力量上來天庭的，背後肯定有人協助。

所以到底是在搞什麼啊？

一旁的王母早在玉帝呼喝時就從假寐中醒轉，此時，微微將頭轉過，視線下壓，彷佛對於這驚心動魄的一幕不忍目睹。

王母娘娘原先設想的可不是這樣，原本的計畫是在會議途中，由她起頭，一切什麼好都商量。

簡直莽撞，太不長眼了！二郎真君在天庭上辦事可是一板一眼的認真，極為標準的公務員性格，上面交代下來的一定辦妥，若是有人不安好心想鑽漏洞，二話不說直接上書審判！

即使個性不討人喜歡，但靠著俊美的外形還是擄獲一票仙女們的芳心，同時蟬聯十屆「最想要交往的男人」以及「最不想要交往的男人」榜首。

得罪二郎真君實屬不妥，可謂是出師不利。

「各位，其實我是來替曜日說情的！」

奈奈眼見瞞不住自己的身分，只好心一橫，直接了當地挑明此行的緣由。

玉皇大帝一挑眉，沒說什麼，以眼神示意她繼續說下去。

於是奈奈什麼通通給說了，劇情完整一字不漏，當然沒笨到把三位土地神還有王母娘娘的協助一併吐露，只著墨在重要的段落，為了證實自己所言不虛，奈奈一時心急將灰白的假鬍髯摘下，以真面目示人。

「沒想到，妳就是曜日的代理人。」玉帝一臉若有所思，「對於妳所說的，朕大致上明白了，不過妳可知道凡人如若私自上天視為逆天之理。」

「我知道，當然知道了。」奈奈不是什麼都沒考慮就一個勁地橫衝直撞，「但即便有什麼樣嚴重的後果我也不在乎，因為我知道，如果不這麼做的話，就怕將來後悔的人是我！」

這話說得實在動聽，連她都想先替自己掬一把淚，或許，她比想像中還要有激勵人心的資質。

「聽起來你們的關係匪淺，似乎不只是神仙和凡人那般簡單。」聽完了奈奈發自內心的肺腑之言，玉皇大帝卻倍感困惑，凡人間的情情愛愛他也略知一二，男人與女人很少存在著什麼單純的關係。

「我們是，朋友。」奈奈不太確定地接口。

「朋友？」眾仙中有人發出不屑的恥笑聲，輕蔑地說道：「神仙乃是高高在上，怎麼可能會跟低俗又沒什麼見識的凡人為伍呢，別說笑了。」

此言一出，立即博得部分仙人的贊同，令人意外地，二郎真君雖沒作聲，但臉色鐵青，嚴肅地豎起劍眉，眸底掠過一絲不同意。

奈奈頓時無言，跟曜日還有言夜、棠華、玄音等人相處久了，彼此的習性也摸清了，他們對於她這麼一個凡人小姑娘向來是持有高度耐心，從不擺出高傲的姿態，而且凡事有問必答，她本以為神仙都是如此具備親和力，不過仔細想想，人分好壞，神仙當然也不例外。

那位不具名的神仙繼續大言不慚地說著歧視的話語，在二郎真君實在聽不下去，正轉過頭欲尋聲源時，被奈奈搶先出聲，她眸光反常地沉靜，語氣平穩，「沒有錯，與各位仙人相比，我們凡人的確是沒什麼見識。」

說出那句話的仙人還在因為自己的話受到同伴的認同而自鳴得意，但下一刻卻慘遭奈奈狠狠打臉。

「也是正因為如此，我們才會需要神明的力量，不是嗎？」奈奈的話語聲堅定而有力，「神明也是，因為有凡人的支持，信仰的力量才能逐漸壯大，各位仙人之所以坐在這裡商議天下事，難道不也是因為信徒們的祈求嗎？兩者缺一不可，魚幫水、水幫魚，這種相依相存的良好關係不是一直以來大伙所追求的嗎？所以在我看來，沒有高低之分，眾生皆平等。」

一氣呵成、不拖泥帶水，奈奈一股腦把想說話傾訴出來，反駁也好、認同也罷，她都會一一見招拆招的。

或許，這也是一直以來，她想要追求的目標吧。

不分種族、性別，能存活於世上就是一件幸福的事，沒有什麼比單純活著還要更加快樂，世上最不需要的就是歧視與紛爭。

因為，大家都是一樣的。

話聲甫落，殿堂上一片靜悄悄，大家默不作聲，沉默是奈奈最為始料未及的答覆。

她實在太自以為是了，以為方才那一番話起碼能引起部分人的共鳴，沒想到竟讓她墜入另一個尷尬的深淵。

結果讓人意外的是，最先傳來的不是異議聲而是清脆無比的鼓掌聲。

玉皇大帝。

「說得太好了，小姑娘，曜日能選妳當他的代理人是他的福氣呢，這小子總算明智一回沒那麼糊塗了！」玉皇大帝深受感動，完全被奈奈激勵人心的演說徹底打動了，眼泛淚光，似是觸動了心弦最為柔軟的深處，激發他老人家的仁慈之念。

其他仙人們見狀紛紛出聲附和，大力鼓起掌來，只差沒有歡呼喝采。

其中有些位居中立的仙人，包含二郎真君在列，都一致認為奈奈這話得不錯，值得學習效仿，無論是神或人，都不應該在一開始就對對方存有歧視之見。

「哪有的事，我只是實話實說而已。」被玉皇大帝當面稱讚，奈奈頓時臉頰一燒，慌張得手都不知往哪擺，一臉羞澀地搔搔頭。

「我想妳也是很傷腦筋吧。」玉皇大帝忽然冒出一句，「曜日如此的任性妄為，換作他人，也沒幾個能夠消受得了他的脾氣。」語末是深深的無奈以及嘆息。

「耶？」頰上的紅潮迅速消退，奈奈的臉頓時冷卻下來，不知玉皇大帝說這話是有何用意。

「明明平時就看他一副懶懶散散的樣子，辦公也提不起勁，對小事卻相當計較，上次因為點芝麻綠豆大的事差點就要跟人打起架來。」

玉帝絲毫不介意將曜日的糗事攤在陽光下，讓大家評評理。

「沒錯，還很容易惱羞成怒呢！」奈奈點頭如搗蒜，顯然也不介意在玉帝面前細數某人的缺點，身付的重責大任暫時被她拋到九霄雲外去了。

妳一言、我一語，兩人默契十足地在這大殿上把東區土地神數落得一無事處，讓人不禁懷疑起他是如何當上現在這個職位的。幸而他本人並不在現場，不然還不鬧個雞飛狗跳，把頂給掀了。然後，兩人心有靈犀似地，相視而笑。

原先彌漫的嚴肅氣氛瞬時軟化了不少。

「看來妳比我想像中還要更加了解曜日呢。」沉吟了半晌，玉帝先開口出聲，話裡肯定意味濃厚。

「不，我還是不夠了解他。」奈奈只是搖了搖頭，將本來已經飄遠的思緒及時扯回，想起了她原本的目的。「但曜日確實是個好人，雖然嘴巴上總是不肯服軟，也很意氣用事，但不可否認的，他幫了我很多忙，還望玉帝能給再給曜日一個機會。」

玉帝抬手制止了奈奈想繼續替曜日說情的話語，「要朕恢復曜日的職位也不是不可能，但有個額外的條件。」

事情出現了夢寐以求的轉機，奈奈興奮之情溢於言表，想都沒想順勢接口詢問，「是什麼條件？」

見大勢已去，原先執意要將曜日踢下位子幾位仙人欲起身，舉旗抗議玉帝的不公，才正準備行動，卻被二郎神一個凌厲眼神給釘在原位，只能默默吞下滿腹的怨懟不敢作聲。

天庭上有玉皇大帝親自坐鎮，很多事都由他說了算，王母娘娘一般不過度干涉。

「條件很簡單，我只有一個要求，那就是——」玉皇大帝溫聲說道，淺笑似清風拂過湖面，撩起陣陣漣漪，意外使人心緒莫名安定。

但話只出口一半，這時忽有道聲音疾呼過來，某人的身影姍姍來遲。

曜日踏著重步而來，顯然餘怒未消，緊接著在玉皇大帝坐前站定，「等一下，有事衝著我來就好，還望請玉皇不要責罰於奈奈，我甘願替她受罰，一切肇因因我而起，希望您能明察，不要錯罰了人。」

一上來就是一連串大義凜然求情的句子，展現出來的捨身精神的確值得人佩服，但此時此刻讓人忍不住搖頭嘆息，直呼這人實在是太不長眼了！

「……」所有人皆是一陣無言。

奈奈什麼聲都沒吭，默默來到曜日身後，直接朝對方頭上賞一記爆栗，要他休要再胡言亂語，也不看看這裡是何等神聖的場所。

此時，三位土地神也從後方的座位起身走上前來，依禮拱了拱手，四位土地神總算是齊聚一堂。言夜的眼睛不時往鬧著性子不知該如何與女孩溝通的曜日身上望去，轉了幾圈後，才面向玉帝，語調仍是一貫的溫和，「能否試問，玉皇提出的條件是什麼嗎？」不讓話題因此中斷了，當務之急還是辦正事要緊。

算算時間，一炷香所剩餘的部份不多了。

一語驚醒夢中人，玉帝才遲遲想起本來要說的話，隨後瞇起一雙細長的眼，筆直望向其餘三位土地神，「這事，你們果然也有分。」

「……」三位土地神只能心虛地賠笑，嘴角僵硬地抽動，既不否認也沒承認。

「也罷！」玉帝也不想在此事上干涉太多，做都做了，再追究其責，似乎稍嫌晚了，「趁你們都在，我倒是要宣布一件事。」

聞言，眾人不禁面面相覷，尚不及反應過來，就聽玉皇大帝再度開口出聲，「曜日，聽令。」

「是。」下意識地應聲答覆，曜日滿臉莫名地接令，單膝跪地，按照禮俗拱了拱手。

「即刻起恢復原職！」

「耶？」本想乖乖順從指示的曜日，聽到與自己想像中截然不同的答案，不由得抬起首來，慌張失措的眼神在玉皇大帝與奈奈之間來回好幾趟，拚了命地想釐清現在到底是什麼情況，無奈全場一片靜默。

「但是，有一個條件。」不等曜日吐出心中的疑惑，玉帝接著說，「宮奈奈雖然只是一介凡人，但作為代理土地神，須有責任盡心盡力輔佐東區土地神，妳可願意？」

原來，玉皇大帝指的條件是這個，奈奈聞言安下心中一顆大石，也依樣拱了拱手，說道：「謹聽玉帝吩咐。」

在旁被冷落已久的王母娘娘靜靜觀看整場情況，未出聲打擾，看來不需要她上場所有問題就能迎刃而解了。

原本，王母娘娘想要是玉帝堅持不肯收回成命，她就一哭二鬧，吵得天庭頂朝天，讓玉帝最後不得不順從她，但看樣子，這個伎倆只能留得日後再使了。

正當眾人都逐以為會議將如期結束，幾位仙人紛紛站起欲離席，卻因玉帝接下來的一句話，大伙全都留住了本欲離去的腳步。

「還有一件事情，朕還沒說呢，各位請稍安勿躁。」

玉帝淺淺一笑，眸中閃現精打細算的芒光，有別於先前疲累的老態，如今的他容光煥發整個人都年輕了起來，宛如沉睡中的獅子甦醒過來，氣勢瞬間綻放。

不知何故，四位土地神不約而同地升起一股不太好的預感，背脊深處竄過一抹寒意，有種糟糕透頂的感知如潮水般湧現。

「朕決定，從今往後，你們居住的鎮上不再分為四區。」玉帝朗聲宣布，宏亮渾厚的嗓音響徹大殿，「四區將合併為一。」

驚人的消息在大殿上炸了開來，聞令的眾仙皆是錯愕，其中又以四位土地神的衝擊感最為強烈，畢竟這可是關係到他們的生計大事啊！

四區統整為一區，代表著什麼，一區只能有一位土地神坐鎮，其餘三位土地神只能捲鋪蓋走人，而曜日才剛官復原職，所以言夜、棠華、玄音皆被開除！

這叫他們如何接受得了啊！

「呵呵。」玉皇大帝笑得可歡了，渾然未覺方才的那一席話讓前途一片光明的三位仙人頓時失去頭路，各個臉色駭然，但接著而來的話語卻將他們推入另一個無盡的深淵。

「朕還沒說完呢，雖然是四區合併，但仍由四位土地神共同主持大局，往後遇上什麼麻煩事也好互相照應，你們說好不好啊，眾愛卿。」

「不好！」這句暴怒由四位土地神同聲發出。

玉皇大帝一挑眉，「地點朕已經選好了。」僅憑一句話就成功地讓曜日一行人識趣地閉嘴了。

——什麼時候選好的？這根本是預謀犯案，是詐欺啊啊啊！奈奈身為半個局內人，此時也忍不住為玉帝的擅自作主徹底傻眼。

玉帝乾脆地將目光往旁一眺，將視線落於曜日身上，後者已經因為震驚過度整個人明顯僵硬石化。

「你呢，曜日，沒有什麼話好說的嗎？」雖然反對無效，玉皇大帝還是盡責地想聽每一個人的心聲，尤其是曜日，整起事件基本上因他而起，也應由他來做最後的總結。

實在看不慣曜日如此慘淡的模樣，身為東區代理人的宮奈奈當然有權替少年發聲，「我倒是覺得這主意不錯！」她早就打好如意算盤，日後要是再遇上麻煩，就用不著東跑西跑，大伙一起想辦法解決，和樂而不為呢！

不得不說，玉帝想出這法子果真是妙計啊！不只便民，順道也方便了她自己！結果這想法立即遭到三位土地神的白眼攻勢圍剿，果然沒有人與她達成共識，一切都是她想多了！

奈奈只能撇撇嘴，退到一旁，擺擺手表示自己不會再隨便發表意見了。

倒是玉皇大帝一聽到有人與他意見一致，高興得眼睛都亮了起來，並當作大半的人都接受他這想法，少部分的異議只能無效處理。

「總之，此事就這麼訂下來了，朕說了算！」選在這時才展露出一絲威儀的玉帝手臂一揮，猛力地拍在膝上，眾仙豈敢不服的道理。

王母娘娘在旁出聲也不是、不出聲也難為，其實她心裡也頗為認同玉帝的決策，認為這不失為一個辦法，反正她的最終目的就是不要讓她的乾兒子失業，其餘的就由玉帝辦去。

除了奈奈高舉雙手贊成之外，四位土地神有如被雷劈般，全都青著一張臉。

他們之間有種情緒正在悄悄醞釀，正等待某個絕佳的時機點一併爆發出來，大有寧為玉碎不為瓦全之勢。

終曲

真是時機算得恰到好處，分秒不差，當奈奈的魂魄從天庭趕回來並順利回歸軀體之後，最後一截香灰燃盡，餘煙裊裊，繚繞於梁柱間殘留的檀香味逐漸融於空氣中，一炷香的時間到了。

此次前去天庭大有斬獲，雖然這是對奈奈而言，而土地神們卻處於悔恨的懊惱中。

玉帝的命令豈有人敢不從，於是這道命令就這麼蠻橫地底定了，回來之後，三位土地神一刻也沒多作停留，便火速返回自己的居所，奈奈看著他們心事重重的模樣，不知為何突然心生歉疚，也不敢多作挽留，只好目送他們離去。不知是否出於緊張的緣故，他們都忘了使用神力，全都邁著沉重的步伐離開東區土地廟。

接下來的日子，雖然沒有達到奈奈心中所想美好的高中生涯，但起碼一切終是回歸正軌，她放假之餘也仍會到土地廟幫忙打理周邊環境。

玉帝頒令距今也兩個星期了，當時的話言猶在耳，她絲毫不敢違背玉帝對她的期望，盡力地協助曜日打理廟裡的大小事務，時時刻刻督促某位過於懶散的土地神。

曜日在她的督促下，總算有點土地神的樣子，奈奈肩上的責任頓時減輕了不少，雖然不知道何時方能卸任，但看樣子不會是最近，奈奈輕嘆了口氣，並沒因此解怠，反而時時警惕自己要比東區土地神付出加倍的努力才行！

與其說是代理人，現在的奈奈其實更像是廟公一般的存在，只差不用幫人解惑解籤或是收驚之類的。

這期間信眾們開始頻繁出入這間地處偏僻的東區小廟，明明是座不怎麼起眼，連路過也會不小心忽略的土地廟，忽然就人潮絡繹了起來，想想還真是件神奇的事情。現在每到了土地神的誕辰，更是將小廟周圍擠得水洩不通，一眼望去只能看見信眾們滿懷虔誠的神情。一旦人潮多了起來，就有人開始對奈奈的身分感到好奇，畢竟一個正值青春的高中女生若非家族事業之故，時不時就到來廟裡幫忙實屬罕見。

對此，奈奈只是笑笑不多談，只稱自己是義務幫忙。

這樣的日常悄悄推進了一個月的時間，終於四區合併的事情還是敲定了。據說，鎮長在某天午睡酣夢之際，夢見一位白髮蒼蒼的仙翁千里迢迢駕鶴前來託夢，殊不知那位仙人便是玉皇大帝的化身，雖然本人的樣貌不過三十，但凡人對仙人的既定印象一般都是上了年紀的長者，為了取信，玉皇大帝只好以犧牲小我完成這件事。

隔日，收到玉皇大帝指示的鎮長，馬不停蹄地聯絡各單位，並在獲得多數鎮民大力支持後，這件事就這麼拍板定案，工程不分晝夜如火如荼進行著，大家全都引頸期盼看到全新風貌的土地神廟落成的那一日。

終於，儘管四位土地神仍不想面對殘酷的現實，但就在月底將近尾聲的時候，新的土地廟誕生於世。

為了方便居住於東西南北四個區域的鎮民，地點就選在四區的交界處，鄰近奈奈就讀的學校，這樣一來，她也能隨傳隨到，隨時做好監督曜日的準備，看看對方有沒有偷懶。

抬首眺望神桌上百年難得一見的四位土地神像並肩的畫面，信眾們紛紛拿起手機記錄這歷史性的一刻。

前方的信眾絡繹不絕，香爐前更是擠滿了持香的民眾，在落成的這一日，大家都特地起了個大早，不遠千里獲駕車或搭乘大眾運輸工具前來朝聖。

前庭熱鬧非凡，廟方負責人不只自掏腰包請來舞獅團炒熱氣氛，沿著周圍更是擺設了許多五花八門的小攤販，儼然就是一個小規模的廟會，好不熱鬧。

然而，後院的一個房間內非但沒染上一絲歡樂的氣氛，還陷入了沉默的僵局之中，誰都不想先出聲替這尷尬到不行的場面解圍。

四位土地神大眼瞪小眼地圍坐在桌旁，彼此間隔甚遠，忠實表現我們不能相親相愛的具體感受，即便奈奈想說什麼來緩緩氣氛，最終只能連同使神們在一旁乾著急。

喔，這麼說可能不對，乾著急的人只有她，有別於土地神們的劍拔弩張，使神們倒是相處融洽，一點也不介懷四區合併，反而還認為這不失為一樁美事佳談，如此一來，他們的日子再也不會苦澀無趣了，多好！

白子輕聲落下，黑子步步進逼，白子卻不慌不忙地自尋生機，另闢出一條活路，不出幾分鐘，黑子大勢已去，轉眼間棋盤就已淪為白子的戰場。

「如何，還要比嗎？」雙笙不急不緩慢悠悠地說道，方才那一場好棋局，局勢到最後雖偏向白方，但也只能算是險勝，持黑子者也是經驗老道。

「我輸了。」白狐倒是坦然接受這事實。

「那麼厲害的白狐竟然輸了！」奈奈在一旁大驚失色，因為自她認識白狐以來，論起棋藝，對方可是從沒輸過。

不過，想想也是，白狐的對手向來只有黑狐還有曜日兩個棋藝不怎麼高超的敵手，贏是理所當然，輸反而成了不可能的任務。

「下棋有什麼好玩的，要不，一起去打個球吧！」樺流見終於告了一段落，立即湊過來插聲，向他們提出邀約。

「能不能也算上我一分，不過比起打球，我覺得踢球更加吸引我。」夏涼也希望自己能夠被納入動態活動的其中一員。

「足球？你會踢嗎？」不是樺流狗眼看人低，但瞧瞧夏涼那矮小的身材，光是拚命邁動粗短的雙腿踢球就有困難了，更不用提來一記漂亮的射門。

「不會！」夏涼誠實地搖搖頭，「可是踢起來很帥，我看電視上那些足球明星可以這樣那樣的，人還能飛身起來射門呢！」興奮之情溢於言表，憑藉著想像，夏涼的大眼閃著代表憧憬的星星，聽起來完全就是受動畫影響過深的傻孩子。

是時候讓他體會何謂現實的殘酷。

「少笨了！一般人才做不出那樣的動作！」冬暖理智地吐了自己伙伴的槽，毫不念及情分。

「是嗎……」夏涼難掩失望地垂下頭。

「不過，那是指普通凡人！可沒說我們做不到喔！」隨後，冬暖笑嘻嘻地補充一句。

「喔喔！」夏涼因同伴的話登時雙眼一亮，立即振作起精神來，「言之有理！」

「說起來還真是許久沒有打球了呢，球高高飛起的姿態看了真的很舒爽呢！」曇流則是一臉緬懷地說道，眼底浮現嚮往的色彩。

「飛起？」這話乍聽之下沒什麼問題，但就是有種說不上來的違和感，因此奈奈忍不住出聲詢問，「你們說的莫非是……」

「嗯，高爾夫球啊！我還是ＶＩＰ會員呢！」樺流為強調話中的真實性，順便亮一下不知從哪生出來的ＶＩＰ白金會員卡，光滑的卡面上鍍了一層銀，看起來貴氣逼人。

——這傢伙竟然是個有錢人哪！

奈奈覺得必須對這兩人另眼相待了，再度體會到人生有那麼多不公平，讓她決定還是回頭去找四位土地神，看看情況如何再說。

結果，什麼都沒變，一切就如同她初離開時一樣，連手擺著的位置都一致，讓人不禁質疑他們是否遭人暗算被點了穴道。

對此，奈奈可真得想想辦法。

她上前強拉玄音過來討論，在四位土地神當中，他是最好擺平的一個了。

「玄音，你就沒什麼辦法讓他們出聲的嗎？」現在的首要之務，就是打破這尷尬到不行的場面，有人先開口，之後的事也就能順其自然地發展下去。

「只要他們出聲就好了嗎？」見少女神祕兮兮，玄音也不敢大意，同樣壓低音量，以氣音答覆對方。

「嗯嗯！」奈奈的頭隨著規律的節奏上下跳動。

「那好吧，包在我身上！」一掌猛力地拍在胸口上，玄音爽快地應道，旋即回過頭來朝著桌子的方向喊了響亮的一聲，緊接著說道：「吶，我說你們，真的不考慮加入我組的樂團嗎？保證之後會大受歡迎喔！」

「不考慮！」三位土地神這時極有默契地將砲口對外，同聲異口地霸氣回應，噴得玄音只有滿臉尷尬，收回期盼的目光掩去受傷心碎的神情。

「這樣……行了吧？」乾笑數聲，玄音此刻的表情像是早已預料到接下來的發展。

不知為何奈奈對玄音生出一種既歉疚又不該對此人抱有期待的複雜感受，理解似地拍一拍對方的肩，由衷誠摯地說道：「拜託你是我的錯，但千萬不要因為這點小事就灰心。」

明明是安慰，殊不知卻意外造成玄音心裡更大的陰影面積，這下子，玄音只好躲在角落哭了。

思來想去，終歸一句，還是只有自己才可靠！

奈奈的腦袋努力想著要如何開啟各位土地神都有興趣的話題時，立即就有人因按捺不住這沉重到不行的氣氛率先出聲，此人正是西區的土地神。

「既然都說得很清楚了，四區合併，依我之見，東西南北四區的業務還是比照往常，由個人負責，除非必要，另一區不得干涉，如何？」言夜提出的建議是眼下最可行的辦法，不只是自己，也順便顧全了大伙的利益以及顏面，兩全其美。

「我覺得這點子不錯，就拿南區的來說，要我忽然兼顧多區，最後勢必無法面面俱到。」南區的居民多是以務農維生，祈求的心願雖然往往也就這麼點芝麻綠豆大，但對於他們來說是不可或缺，更何況瑣碎的事一旦多起來，就會忙得沒日沒夜。

西區、南區土地神都同意了這臨時推出的方案，玄音也不反對，所以曜日也只能默聲妥協。

「反正事情也只能這樣了，我們還有什麼選擇嗎？」聳聳肩，曜日佯裝配合，心下想的卻是待會該如何擺脫討人厭的同事們。

「既然如此，為了慶祝我們第一天共事，下班後就去吃一頓大餐好不好，這個點子很棒吧！」雙掌合十，奈奈興奮地提出晚餐的邀約，急欲獲得大伙的支持，然而卻慘遭土地神們無視，晚餐都還沒到來就被推入冷宮。

可恨的是，奈奈即便滿腹的委屈也只能和著淚水往肚裡吞。

四位土地神仍舊是老樣子，平日各做各的，即便碰巧四位剛好都留在辦公間而沒去外頭巡視，彼此打照面時說的話，只限定於「嗯」、「喔喔」、「哼哼」這種連話都算不上的單聲狀詞。

身為代理人的奈奈，從未有一日忘記過自己身為學生的本分及義務，四區合併後，她的工作量頓時減輕不少，這個時候猶在學校裡勤奮學習的奈奈如往常一般，正要拿出英文課本溫習前一個章節的課文內容時，突然感到一陣錯愕，隨後淚流滿面地想到自己昨日在土地廟寫功課，因為匆匆趕著與父母約定好的晚餐時間，一陣手忙腳亂地收拾桌面，似乎不慎遺留了幾本下來。

而那幾本剛好都是今天要用的教科書。

偏偏下一堂課就要來個隨堂測驗，不趁機複習不行啊！奈奈在別無他法之下，不得不利用代理土地神職務之便，趁著無人將注意力放在她身上，發動神紋，手背上烙印的紋路隱隱發出白光，透過瞬間建立起的橋梁，傳遞訊息給某人。

「**曜日，能不能請你送課本還有講義跟習作來學校給我？**」不說還好，一說就又臨時想起，遺落的似乎不只一本。

無言地瞪視著幾乎空掉一大半的書包，奈奈只能無助地抱頭呻吟，不斷在背地裡暗罵自己實在過於粗心，難怪今日在來學校的途中步履輕盈得在空中來個跳躍旋轉再完美落地都不成問題。

「妳落下的課本還真多，妳放在哪裡啊？」

等了半晌，果真傳來某人懶洋洋的回話，話語間似乎還有液體牽絲的雜音，咻咻地干擾個不停。

剛才不會是在睡午覺吧？

「在我平時充當書桌用的小茶几上，你找找看有沒有。」

清楚地給出明確的指示，照理來講東西應該不難找才對。

果不其然，隨後就聽得曜日的嗓音再度於腦海中響起。「找到了。妳是說，裡面有醜到不行塗鴉的那一本？」

「……你怎麼可以亂翻人家的東西，而且那不叫醜到不行的塗鴉，是創意，是藝術好不好，不懂就別亂說！」你難道不知道所謂的高中生活可是有大半的青春都花費在課本無聊的塗鴉上頭嗎！這是人生必經的一環，沒在課本上塗塗畫畫別說你上過高中！

「那是因為，我必須要確認這到底是不是妳的課本！」曜日立即為自己偷看的行為辯解，說的還似乎真有幾分道理。

但這話讓奈奈深深質疑，除了她還有誰會在土地廟裡勤奮學習。

「算了，」奈奈不想在廢言下去，浪費寶貴的一分一秒，但畢竟是麻煩人家，所以口氣上也只好修飾成誠意滿分的語氣，「總之，我現在極需用到，那就麻煩你跑這一趟囉！」

「沒問題，儘管包在我身上好了！」曜日答得極為乾脆，意外地爽快。

「嗯，校門口見！」不想惹來不必要的關注，約在校門口是最保險的做法。

約定好之後，曜日那一頭的聯繫就擅自被切斷，也不知道有沒有聽見最後一句備註，不過是麻煩他來送東西，不會出什麼亂子吧？即使是那個成天就喜歡惹禍上身、遊手好閒的土地神，這一點小事一定難不倒他，對吧？

不管如何，奈奈覺得自己好歹也要信人家這一回，但心中仍試圖安慰自己沒什麼好擔憂的，對方再如何不濟也是名神仙，理應會拿捏分寸，大概吧……

這麼想的同時，眼睛不由自主地越過窗臺筆直往校門口望去，她坐的位置正好靠窗，接近校門，有人走動的話第一時間就能立即察覺到，可是眼看下節課的鐘聲都快打響了，就是不見學校關起來的移動式活門外有某人的身影。

奈奈才起身想著是不是要直接跑到校門口等候時，班級門口反倒先出現了騷動，本想不予理會，但驚呼聲此起彼落，她捺不住好奇地看了一眼，瞬間深感懊悔。

此時站在門口的某人完全與她原本的打算背道而馳，還大搖大擺地撤去身上隱身之術，就怕沒人注意到他的存在，身上穿著原本的衣束，如此高調，不引起騷動才怪。

一時間，走廊像是熱鍋上的油炸了開來，擠滿圍觀的群眾。

奈奈單手扶額，不想再多說什麼，快步走至曜日身前，伸手將他拉到一個比較能掩人耳目的角落，就這一小小的舉動反倒是讓班上同學們的目光一個接一個地緊緊跟隨，還有人因而發出曖昧的訕笑聲。

——的確是有什麼不可告人的關係沒錯，但那跟男女之情半分關係都沒有，他們之間只存在著普通友誼，更何況對方還是神，她就算想，是能發展成什麼友達以上戀人未滿的關係嗎？

在班上同學腦洞越開越大之前，奈奈必須將曜日打發走才行。「課本帶來了嗎？給我你就可以走了！」

雖然對曜日感到有些不好意思，但道歉的話，只能事後補上了。

「喏，拿去！」

曜日曾經在這所學校當了好一陣子的「旁聽生」，但班上的同學不約而同地失去了這一段記憶，即使曜日再度出現在了眾人面前，但對他們而言就如同幾面之緣都稱不上的陌生人。之所以會引起騷動，除了他是校外人士，再來就是他那一點都不平凡的樣貌，還這麼大剌剌地穿著平時上班時的裝束，活像是剛演完古裝劇的演員，戲服都尚未褪去就怡然自得地四處趴趴走。

伸手接過曜日遞過來的課本，謝字才正準備脫口而出，書本的重量卻不禁讓她眉頭一皺，「怎麼只有一本？」奈奈記得，她說的明明是三本。

「啊，那是因為——」

曜日想起什麼似地啊了一聲，剛想解釋，卻冷不防地被一道溫文爾雅的嗓音截斷。「妳的講義，拿去吧。」

奈奈抬首一看，驚呼出聲：「言夜，怎麼會是你！」

「有什麼不對嗎？」

言夜整個人融入周圍的環境，讓人產生一種即便對方光明正大地在校園四處閒逛也不會有人懷疑其身分的錯覺，他自信的笑容，再加上身上正穿著他們學校的制服，普通的白襯衫打上條紋領帶，剪裁合宜的西裝褲襯托出修長的雙腿，整體看來更增添幾分英氣。

「從頭到尾都不對吧！還有，你這是什麼打扮啊？」即便面對這樣好看的言夜，該吐槽的還是得吐槽！

「我是來替妳送英文講義的。」言夜言簡意賅地表示。

聞言，奈奈先是低頭看了看自己手中多出的第二本書，的確是英文講義沒錯，但問題來了，為什麼非得要分開來送？

而且第三本習作至今仍下落不明。

就在這時候，圍觀的人群忽然爆出一聲驚呼，伴隨著引擎運轉的噪音，人群像是摩西分紅海般往兩旁退開，一臺重機緩緩地朝這邊駛來。

就見重機上跨坐著一名騎士，身穿拉風的皮衣皮褲，將手中的一本薄薄的習作交給奈奈。

接是接過了，但奈奈卻萌生出一種想火速逃離現場的尷尬感受，臉頰羞赧得火紅，實在太丟臉了。

看著玄音自以為帥氣地拔下全罩式安全帽，用過於陽光燦爛的表情回視奈奈，她恨不得一拳揍在那張好看的臉上，不過她只是把目光轉移，望了望一旁的言夜還有曜日，三位土地神竟然在這種時刻難得地齊聚一堂了。

「你們這是在做什麼，放著手邊的工作不管都跑來這裡？」深吸一口氣，奈奈語氣責備。

曜日和言夜自知理虧，一臉尷尬地撇過頭去，不敢回應奈奈的質問，倒是玄音替兩位同事發聲，「我們在打賭，看誰能以最快的速度將課本送到妳手中。」

「贏的人請吃飯，輸的人要幫大家洗一個禮拜的髒衣服。」曜日在旁隨口補充道。

「不是吧？」奈奈還以為自己聽錯，「這樣贏的人可以得到什麼好處？」

「但是大家都不想當最輸的那一個啊。」玄音理所當然地表示，讓人無從反駁。

言夜勉強扯開一抹無力的弧度，明顯是不得以才被迫加入這場愚蠢到不行的賭局，誰都討不到好處，根本一點意義都沒有。

就在此時，走廊上響起一陣急促的腳步聲，來人面帶慍怒，手頂了頂架在高挺鼻梁上的黑框眼鏡。

喔，對，她差點忘了，不只有他們，棠華也在這所學校呢，這下倒好了，四位個性迥異的土地神互相打照面肯定沒什麼好事。奈奈垮著肩膀默默替自己也替三位土地神輕嘆了一口氣，露出傷透腦筋的神情。

「學校規定，閒雜人等不得入內！」棠華危險地瞇起雙眼，不由分說地挽起襯衫的袖子，準備動手將「閒雜人等」驅除出校，並喝令他們不得再踏進校內一步，擾亂同學們的安寧，破壞清幽校園的和平。

自知理虧在先，但其餘三位土地神哪能容忍被人當成是異端分子趕出校門，腳步往校門口移動的同時，也不忘據理力爭。

一回過頭，奈奈差一點撞上不知何時站在她身後的樂樂，方才的情況對方全都盡收眼底，嘴角彎成頗為曖昧的笑容。

「事情才不是妳想得那樣，別以為我不知道妳在想什麼！」奈奈無力地解釋。

「不然是怎麼樣？」樂樂調皮地眨眨水靈靈的大眼，平時沒事總喜歡逗著友人玩，就見她扳手指頭數一數，「三個新歡未免也太貪心了吧，改天介紹給我認識認識？」

「不行，你們年齡差距太大了！」想都沒想就斷然拒絕，奈奈是真心替朋友著想。

「嗯？」疑惑地偏了偏頭，明白友人的顧慮，樂樂打趣說道：「姐弟戀我也可以接受的喔！」

「那祖孫戀也可以嗎？」

「呃，我不是很懂妳的意思耶……」樂樂不知該作何反應。

「沒關係，不懂也好，如果可以就當作什麼都沒有發生吧。」奈奈苦命地發出感嘆，目光忍不住眺望遠方。

「奈奈，妳、妳沒事吧？」樂樂擔憂地望向好友，眉頭擰在了一塊，雖然朋友與平時沒差多少，但就是感覺有哪裡不一樣。

鐘聲準時響起，湊熱鬧的同學們眼見沒戲可看，紛紛回各自的班級，奈奈這才猛然驚覺小考的內容尚未複習，立即二話不說拋下友人，火速回到自己的座位，打開講義複習，打算死馬當活馬醫，能補救幾個單字是幾個。

這就是她的日常，代理神明的職業生涯看來一時半會是不會有結束的一天，想來就頭痛胃痛的奈奈，不單要肩負輔佐東區土地神重任，還時不時要調解四位土地神之間紛爭，真是有夠麻煩的啊！

她絕對立刻馬上現在就要辭職卸任！拜託，行行好，誰能夠還給她一個正常平靜的校園生活啊！

她的高中生涯就像青春小鳥就此一去不復返。

我的青春啊！奈奈擱在書頁上的手微微收緊，沒能忍住內心憂愁，悲傷地在心中吶喊，背景音樂瞬間從課堂的吵雜自動替換成新疆民謠《青春舞曲》。

——再會了，我的小鳥，不，我是說青春。

奈奈的目光悠遠漫長，內心百感交集，她只不過是想過一般人的生活，有這麼困難嗎？拜託饒了她吧！

——《土地神的指導守則03》完

——《土地神的指導守則》全系列完

後記

已經來到不是初次見面的第三回後記時間了呢（揮手），奈奈與她的土地神小伙伴們終於也在第三集步入尾聲，要跟大家告一段落了（拭淚）。

同時，這也是我第一部完結的作品，不只是商業稿，在各個層面上來說都是，對我而言有著特別的意義。不知道大家看完第三集有什麼想法？有沒有自己鍾愛支持的角色呢XD就作者本人我來說，都超喜歡的啊！雖然這樣的說法很老套，但每個角色都像是我的孩子，喜歡是難免的！

第三集的封面依然讚讚的，在此特別感謝綠川明老師，畫的是誰讀者有沒有認出來呢，左邊是大家都相當熟悉的宮奈奈同學，占右方的則是恢復神力後的長大版曜日！有和大家心目中曜日的形象吻合嗎XDD

話說回來，既然到了後記的時間，就來談談劇情以外的事情吧（欸）！原本在書名的安排上還想要再多安插副標題，可惜書名太長……只能省略掉了。以每集內容的劇情上來說，分別是〈OH！是神〉、〈壞心的邱比特〉、〈來自天庭的革職信〉大致上就是這樣。前面兩集後都有個番外篇，很可惜第三集的字數爆了所以只能忍痛捨棄番外QQ

其實老實說，我對出書這事還是沒有什麼實感，熟知我的人就知道我都是走低調路線的XDD不過我還是希望能跟我可愛的小讀者們互動，如果看完了有什麼感想，即使是想告訴我喜歡哪個角色都可以，請來信至：fans919@yahoo.com.tw（這個是我額外創立的信箱，有時會去看一下，只要有信我一定收得到！）

最後的最後，除了感謝無條件支持我的家人和編輯們，尤其感謝拿起本書看到最後還沒有放下的你／妳們，希望還會有下一部作品能再度跟大家見面！

雪翼

高寶書版集團
gobooks.com.tw

輕世代 FW267

土地神的指導守則03(完)

作　　者　雪　翼
繪　　者　綠川明
編　　輯　林紓平
校　　對　任芸慧
美術編輯　林鈞儀
排　　版　彭立瑋

發 行 人　朱凱蕾
出　　版　英屬維京群島商高寶國際有限公司臺灣分公司
Global Group Holdings, Ltd.
地　　址　臺北市內湖區洲子街88號3樓
網　　址　www.gobooks.com.tw
電　　話　(02) 27992788
電　　郵　readers@gobooks.com.tw（讀者服務部）
pr@gobooks.com.tw（公關諮詢部）
傳　　真　出版部 (02) 27990909 行銷部 (02) 27993088
郵政劃撥　19394552
戶　　名　英屬維京群島商高寶國際有限公司臺灣分公司
發　　行　希代多媒體書版股份有限公司/Printed in Taiwan
初版日期　2018年4月

國家圖書館出版品預行編目(CIP)資料

土地神的指導守則 / 雪翼著.-- 初版. -- 臺北市
: 高寶國際, 2018.04-
冊； 公分. --

ISBN 978-986-361-508-8(第3冊：平裝)

857.7　　107002580

三日月書版

三日月書版

GOBOOKS & SITAK GROUP©

GOBOOKS
& SITAK
GROUP©